ふかしぎ

―ダウン症の子と暮らしながら―

現在、使われている数の単位は「万」「億」「兆」あたりまでですが、そのずっと先の六十五桁から六十八桁を表すのが「不可思議（ふかしぎ）」です。その先は「無量大数」しかありません。

表紙絵　前田　友幸
題　字　田中耕一郎
（本文中の書も）

はじめに

このエッセイは、ダウン症として生まれてきた最初の子ども（文中の僕）の生まれてから約四十年の様子をもとにしています。家族は、父と母、二歳ずつ年の離れた妹、弟、弟の六人です。

第一部は、子どもの近くの出来事を「ふかしぎ」とし、子どもである「僕」の視点から描いています。

第二部は、子どもから遠い所の出来事、つまり父親の考えや行動を「不可思議」とし、一人の人間が何をどう考えて生きているかを、父親である「私」の視点から書いています。

さらに、それぞれに「ふかしぎ」「不可思議」が登場し、確認したり意見を発したり、時にはぼやいたりする形をとっています。

読んでくださった方が何かを感じ取っていただければ幸いです。

ふかしぎ──目次

第一部　ふかしぎ

―僕に近い所―

第一章　就学前

僕が生まれること

僕は三月九日に生まれた。後になってわかるのだがダウン症を伴っていた。このことが、いろいろな問題の原因になるのだった。後日、名前は「耕」と付けられた。母は父と一緒になる前は、幼稚園に勤めていた。このことは、僕が生きていくうえで、まさに幸運だった。

父は学校に勤めていて、僕が生まれる頃は出張で県外にいたそうだ。ずいぶんとのんきだったんだなあと思う。だから父は、僕がどんな状態で、どんな顔をしてこの世に現れたのか、生まれた時の詳しい状況を知らない。ただ、子どもが生まれたこと、男の子であること、それに元気だったことを電話で知らされたという。

生まれてから数日の間、僕の状態は母には知らされず、父が出張から帰るのを待って、いろいろなことが明らかにされた。

僕は生まれてくる前、母のお腹の中から足で蹴っていて、その外への信号を成長の証しとして父母は受け取っていた。僕が最初の子どもだったので、その誕生にさぞや、どきどきしたり緊張したりしたことだろう。

父は僕の誕生の知らせを聞いて人一倍喜び、勝手に将来を思い描いて期待をふくらませた。子どもが生まれた感激は、普通の父親と同じだったに違いなかった。

数日後、出張から帰ると、「明日いらしてください。お話ししたいことがあります」という病院からの電話を受け取った。何か良くないことが起きているのではないかと、父は心配になった。それまでの喜びが、すっかり不安と化した。病院からそういう電話があれば不安に思うほうが自然だが、とにかく行ってみないことには、と気持ちを落ち着けたそうだ。

翌日、父が病院へ行ってみると、医者や看護婦が何となく暗い表情をしているように見えた。部屋へ通され、医者が説明を始めた。この時、今まで聞いたこともない「ダウン症」という言葉を聞くことになった。医者は、「ダウン症の疑いがあり、乳幼児の医療で技術の高い病院へ転院をさせたい」という話をした。

父は間をおいて気持ちを落ち着け、質問をした。「ダウン症って何ですか」。医者は、「将来、知恵遅れになる」「治療法はない」など、おおまかなことを説明した。しかし多くを語らない医者の言葉からは、将来がずいぶんとあいまいなものに聞こえたので、

「症状が重い場合はどうなるんですか」と尋ねた。すると、「命が短い」ことを聞かされた。父は、わざわざ短命を確認した自分を後悔せざるを得なかった。

——ふかしぎは父に、「なぜ後悔することになるのですか」と聞く。

父はダウン症という先行きが見えない状態で、短命であれば「少しの付き合いで済む」と思った。要するに、短命を期待したこと、人ひとりの命を自分の都合で短いほうがいいと考えたことを後悔したのだ。だが一方では、そのことが、前向きになれる一因だったことも事実であった。

結果的に、「ダウン症」「知恵遅れになる」「命が短い」という三つの言葉だけが、父の頭に焼きついた。と同時に、ある種の「あきらめ」に似たものも気持ちの中に生まれることになった。

医者の説明を聞き終わると父は、その結果を母に話さなければならない立場になったが、本当の事を伝えるのはまだ避けたかった。それでただ「赤ちゃんが元気がないから、転院することになる」と告げた。母は、事の異常に気づいてか、泣くばかりであったという。父はさすがに、「ダウン症」のことまでは言えなかった。

僕の誕生は、こうして始まった。誰も予想していなかったことだ。

命をつなぐ

僕が転院してからは、父は勤務が終わると、冷凍保存した母乳を母の実家に取りに行き、それを病院へ運ぶことが仕事の一つになった。僕の母乳を吸う力は弱かったのだが、出来るだけ母乳を与えたほうがいいという病院の指示だった。保育器に入れられた僕は、なかなか両親の元へは帰れなかった。

僕の胎内での発育の状況は、良くなかったようだ。ほかの母親のお腹の大きさと比較して、母のお腹は少し小さめであった。そのことが気になって、母は検診のときに医者に質問した。しかし、「異常ありません」という医師の言葉を信頼するしかなかった。

父は自分の子どもの誕生に関して、次のようなことを学んでいなかったと痛感していた。

子どもが生まれるときは誰でもごく普通に、しかも当たり前のように「健康で」「五体満足で」誕生することを願う。しかし実は、子どもが「健康で」「五体満足で」生まれてくることを誰も疑ってはいないのだ。

しかし現実には、そうでない場合がある。自分の周りの状況をよく観察していたら、わかっておくべき問題であったのだ。

自分だけには不幸は起こらないと確信していたわけではない。しかし父は、自分に逆境が訪れることを考えずに生きてきたことが、ものすごく残念に思えた。もし逆境に陥ることもあり得ると考えて生きてきたら、子どもがダウン症であるという現実を、もっと自然に受け入れることができたのではないだろうかと思ったそうだ。

――子どもが誕生する頃には、確かに思い描いている逆のことは考えにくい。しかし、学校教育のどこかの時点で、学んでおく必要があるのではないだろうかと、ふかしぎは思う。

ダウン症のこと

初めて聞くことになった「ダウン症」。知らないということは、学習をすることを要求される。それも人から学ぶのではなく、ひたすら自らの問題解決に向かって学習することになる。

僕たちは不思議なことに、親は違うのにお互いに顔が似ている。以前はその顔立ちから「蒙古人症」といわれた。ある地域の人を表す言葉で表現するのは、ちょっと違うかなと思う。だから今は「ダウン症候群」、または簡単に「ダウン症」という。「ダウン」とは、この病気を最初に報告した医師の名である。

ダウン症の発症理由は明らかになっていないが、結果はわかっている。染色体検査をすると、普通は二個ずつ二十三組ある染色体が一般的には一つ多い。すなわち四十七個ある。多くの場合は二十一番目が一つ多い三個で、「二十一トリソミー」といわれる。変化の仕方でほかに、転座型、モザイク型などの種類がある。この二十一番染色体の変化によって、血液中の酸素を余計に消費する。だから自然と「知恵遅れ」

の状態になっていく。ただ知恵に関しては個人差が相当あって、聖書まで読める人、ごく普通に高校や大学に入学する人、読み書きのできない人、さらには意思伝達の出来にくい人などさまざまである。変化した染色体は全身に存在しているので、今のところこれを止める決定的な方法はない。

普通の人との比較では、皮膚に弾力がない、感覚が鈍い、手がグローブのようである、少しつり目である、目の間が少し広い、などの特徴が見られる。しかし全員がその特徴を持つとは限らない。さらに病気の関係では、心臓に穴があいていたり、水頭症、白血病などの合併症が起きたりしやすい。

近い将来、遺伝子の分離・組み替えによって、ダウン症も解決できるのかもしれない。――ふかしぎは、将来「解決できる」として、いま存在することの意味をどう整理していけばいいのだろうかと思う。

名付け

子どもの名前は、二週間以内に役所に届けることになっている。名前は子どもへの最初のプレゼントであり、父にとって最初の大仕事であった。

しかし父はダウン症のことで頭がいっぱいで、なかなか名前にまで考えが回らない。本によるダウン症の学習では、結局マイナスのイメージだけが増幅され、頭から消え去ることがない。

ダウン症の特徴である「短命」は、気持ちの中にしっかりと刻まれた。「短命であるなら、そんなに深く考えて付けなくてもいいのではないか」と考えたこともあった。しかし一方では、「短命だからこそ最高の名前を贈るべきではないか」と考えたりもした。そんな相反する考えが日に日に入り交じり、二週間という制約の中では結論が出そうになかった。

父は、「もし自分がこの子どもだったらどうだろうか」とふと思った。すると、悩んでいる自分の姿が本当に情けなく思えた。そして、本当にいい名前を贈りたいという気持ちでいっぱいになり、一気に名付けの本を読んだ。画数の問題、姓名の全体的な音の響きなど、それまであまり気にはしてなかったのだが、こういう状況の子どもであるからこそ、どんな人にも「いい名前だ」と認めてもらえるようにと、期限ぎりぎりまで考えることになった。名前を決めると、何だか未来が開けてくるのではないかとも思えてくる。少なくとも、マイナスイメージを遠くへ押しやったような気持ちになった。

しかし「幸福になってほしい」と親が願うのは、僕に限らず他の子どもも同じであることに、父はこの時点では気づかなかった。「ダウン症だから不幸」という考えが父にあったのだ。僕だけでなく僕の周りも不幸だと。これがそれまでの父の価値観であった。そう思うことは、その時点では自然な成り行きのような感じがするが、やはり何か違ったのではないかと思う。

—ふかしぎは、父の価値観も少しずつ変化していくことを感じていた。

決定的現実

結局僕は、一カ月くらい経ってやっと退院できた。そこは、見たことはないが、過去に長い間いた感じのする家だった。本当に親の元に帰ることができたのだ。体いっぱいの喜びである。満面の笑みができたのだろうか。

僕が帰って来たあとも、ダウン症が間違いであればという望みを、両親は捨ててはいなかった。そこで、別の病院へ行ってみた。しかし顔の特徴や身体の諸症状から、「ダウン症にまちがいない」とおおよその診断が下された。病院では、若い医者や看護師を集めて、僕を見ながら説明をしている。僕はじっとしているしかないのだが、ダウン症の子どもを見せに来たみたいで、両親はいやだっただろうな。

そのうちに、転院した病院から染色体検査の説明があった。僕がダウン症であることが、決定的に現実のものになった。なかなか受け入れられなかったダウン症が、僕、母、父の三人から離れられないものになった。僕たち三人はその後ずっと、ダウン症と付き合うことになったのだ。

子どもが生まれるということは、こんなにも大変なことであったのかという実感が、両親にずっしりと重くのしかかった。

—ふかしぎは思った。誰もが多少の違いはあっても、このような経過をたどるのだろうか。そうであるなら、どこかの時点で学習の必要性はないのだろうか。

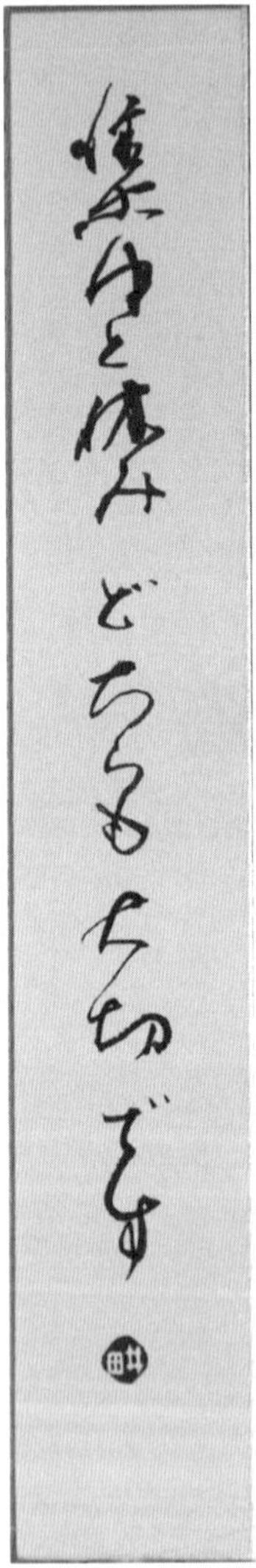

集中と休み　どちらも大切です

何かないか

父は、子どもがダウン症であるということに頭の中がパニックになるほどであったが、それでも父の目の前で、僕は確かに生きている。どうすればいいのかわからない状況にありながらも、父は何らかのよりどころを捜した。医学書などを読んだりして、その特徴的なこと、現象的なこと、将来のことなどを一通り学習した。

その中に、「鈍い」という言葉があった。

特に何のことはないのだが、その「鈍い」というダウン症の特徴を少しでも改善するために、刺激を与えるという目的で、父は僕の体のあちこちをくすぐり始めた。僕は、手、足、首、脇の下など、くすぐれる所はどこでも、よく父にくすぐられた。

僕がどんなにいやがり、僕からどんなに嫌われても、父は「刺激を与え続ける」と決意し、その後もくすぐりはずっと続けられた。

父は、最初のうちは僕が無反応であっても、長いあいだ続けていけば少しずつ変化が現れ、そしていくらかは感覚が鋭くなっていくのではないか、という希望を持ちながら実施していたようだ。

—ふかしぎはずっと後になって、くすぐりの効果は実際のところどうだったのだろうと思った。でも先を見ながら、現実の中から何かのヒントを得ることは大切な行動かもしれない。

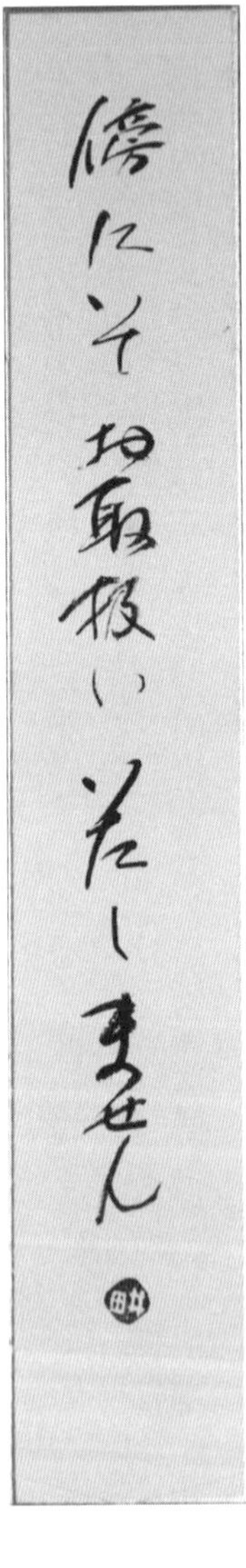

【川柳】傍にいてお取扱いいたしません

訓練

ダウン症は、結果についてははっきりしているものの、原因は不明で、かつ治療法などがない。ダウン症の特徴の一つは、筋力が弱いことである。筋力をつけなければ、歩き始めが確実に遅くなるという。せめて普通の子どもたちと同じように一歳前後に歩き始められたら、と両親は願った。筋力をつけるために、主に脳性麻痺に使われる「ボイタ法」という治療法をダウン症にも応用する試みがなされていて、これを実践することになった。

専門のトレーナーのいる約六十キロ離れた病院に二週間に一回通い、訓練の仕方を習って帰る。そして家で朝昼晩、実施する。例えば右足に筋力をつけたいときには、右足の足首と全体をしっかりと固定し、呼吸ができないよう口を塞ぐ。すると僕は苦しくて懸命にもがく。その中で少しだけ右足が動くことを体でとらえ、力が入る。なおも全体的に固定する力を緩めずに、踏ん張りに従ってほんの少しだけ応える。僕にとってても大変な訓練だったが、実行する母も大変であった。泣き叫ぶ子を必死で押さえつけるのだ。これを実行しなければ未来が開けないとわかってはいても、泣き叫ぶ僕に耐えられなかったのだろう。母は訓練をやめ、僕をただただ強く抱きしめた。

　母の様子で父が、訓練をやめていることに気づいた。父は自分ではボイタ法を実行していないのだが、母の気持ちに同情していては何の進歩も期待できないと考えた。この訓練は今やるしかなく、もし休めば休んだだけ未来が開けない。そういうことを言い聞かせるしかなかった。

　またもや訓練が始まった。父はたまに加勢することはあっても、主として取り組むことはなかった。母は、涙を拭きながら過酷な訓練を実行してくれた。この頃から僕と母とのつながりが、少しずつ大きくなっていったように思う。

　六十キロの道のりを二週間に一回のペースで通っての訓練は、生後三カ月目から二歳前まで続き、筋力もついたということで、終わりを告げた。

　――ふかしぎは、この辛い訓練をやり遂げた母の愛情の深さを感じずにはいられなかった。

救い

全く先の見えない僕の状況を見て、両親はいつも暗い表情だった。将来への心配や不安、そういったものが常に心を占めていたのだろう。

しかしそういう状況であっても僕は生きているので、父は何とか今できることを探していた。

その一つとして、ダウン症の人は感覚が鈍い傾向があるということで、父はよく僕の体のあちこちをくすぐった。もちろん僕はくすぐったくて、体をくねくねさせていた。父の作戦に乗せられていたような気もするが、とにかく、くすぐったかった。

くすぐりに加えて、赤ちゃん体操も父によくやってもらった。

ある時、いつもの赤ちゃん体操で僕の両手を上に伸ばすとき、父が「…そうさ、Y、M、C、A…」と歌った。するとなぜだか僕はその歌に合わせて、けたけたと大笑いした。それを見て、母も笑った。

それまでの暗かった雰囲気が、この時ばかりは明るくなり、一時の至福の時間だったように思う。

—ふかしぎは、笑うというのは心をからにして、その時間をみんなが共有して楽しめることなんだなあと思った。

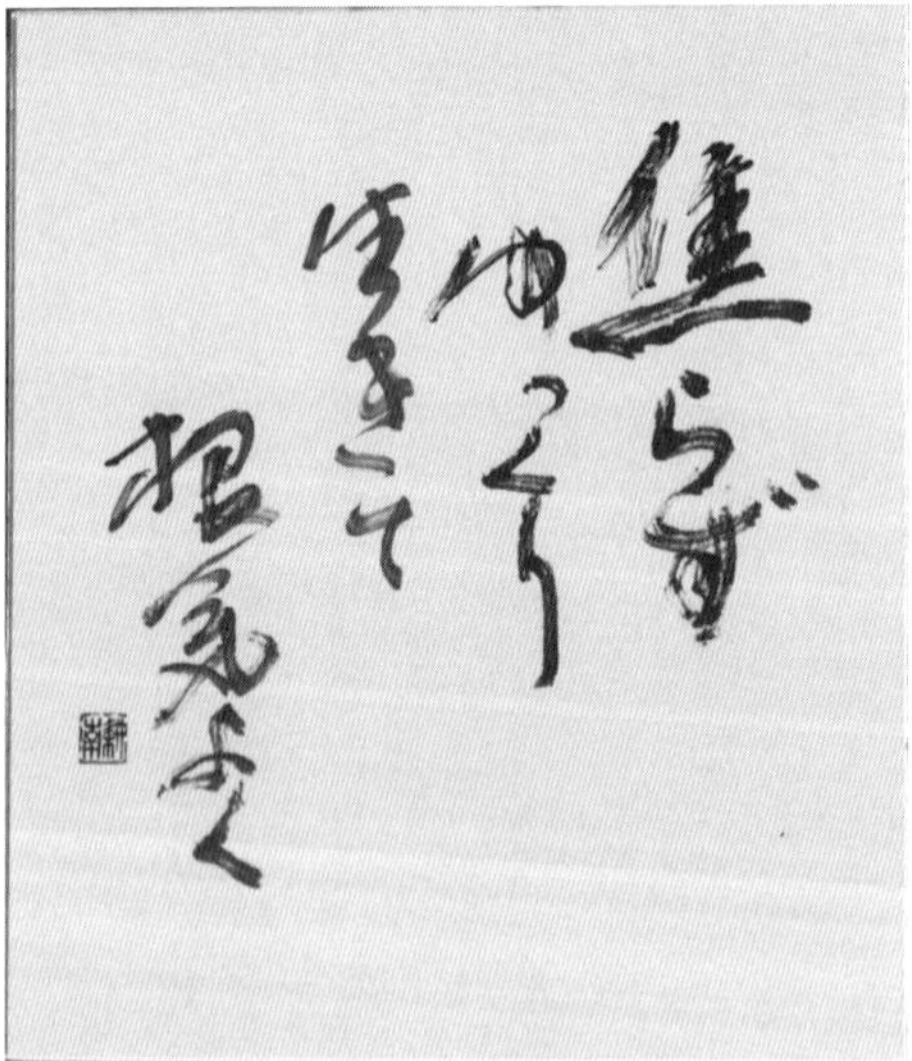

焦らずゆっくり生きて根気よく

選択

僕が生まれてから、父には落胆の日々が続いた。職場でも子どもの話になると、すーっとその場を離れた。父が僕に対して前向きになるのには、しばらく時間がかかった。

父は数学が好きなので、物事を数学的に考えることがよくある。

その一つは、僕と父の、生と死の組み合わせだ。二人の生死の関係は、「僕が死に、父も死ぬ」「僕が生き、父が死ぬ」「僕が死に、父が生きる」「僕が生き、父も生きる」という四つのパターンしかない。前者三つには「死ぬ」という、言うなれば不幸が存在する。だから選択は簡単に決まり、最後の「僕が生き、父も生きる」を選ぶしかないのだ。

僕にはよくわからない論理であるが、なるほど数学というのはこういう大事なところで使えるのだと感心した。

もう一つは、僕にとってはちょっと残酷な話だが、もし短命であるならば、せめて生きている間に精いっぱい楽しく過ごせるのではないかということ。

要はこの二つの考え方を取り入れることによって、父は前向きになることができたようだ。

―ふかしぎは、状況をどう捉え、どう整理していくかというのは、次を考えるための基本であり、整理の仕方次第でその結果が異なるかもしれないなあと思った。

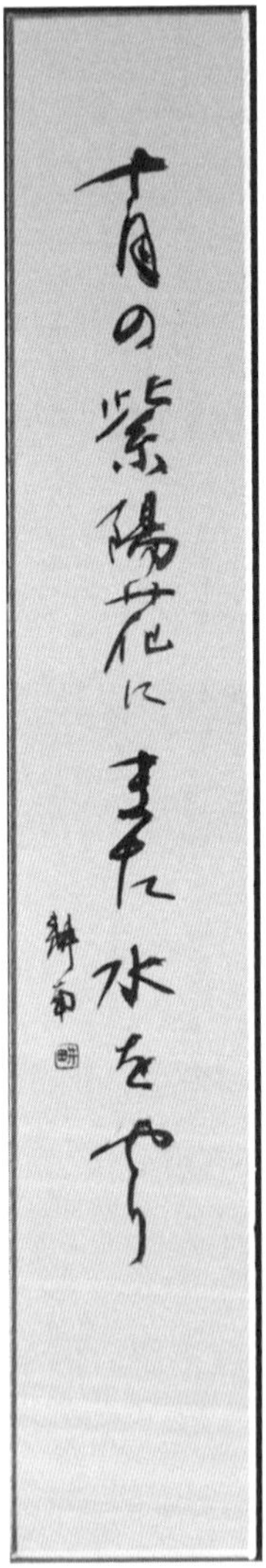

【俳句】十月の紫陽花にまた水をやり

親の会

僕は確かにダウン症と判定されたのだけれども、そのダウン症の情報は少なかった。だから親たちは病院などに集まって、ダウン症の現状や気づいたことなどの情報交換をし、さらにことばの教室のような感じで、歌を歌いながら指を動かす指遊びなどをする機会を作っていた。

よくながめると母親たちがほとんどで、父親の姿は少ない。僕はこんな感じであれば、ゆくゆくは母と子の会になってしまうと思った。

みな役員の話になると逃げ腰で、やったこともないのに、出来ないと言う。でもダウン症の子どもを育てることは、やったこともないのに、みんな精いっぱいやっている。そう考えると、最初から「出来ません」は情けなくはないかと思える。

役員交代のない集まりでは、役員でない人は理由にならないような理由でも休めるが、役員になると、何か催しの時は必ず出席しなければならない。出席することはいいのだけれども、そういうことって、みんなで負担していく方が、より楽しい、わかり合える会になりそうに思う。

―ふかしぎは次のようなことを思っていた。どういう集まりも、それを続けていくためには運営していく人を選ばないといけない。集まりは必要と言いながらその役を担おうとしないのはつまるところ、本当に集まりが必要だと感じてはいないのではないだろうかと。

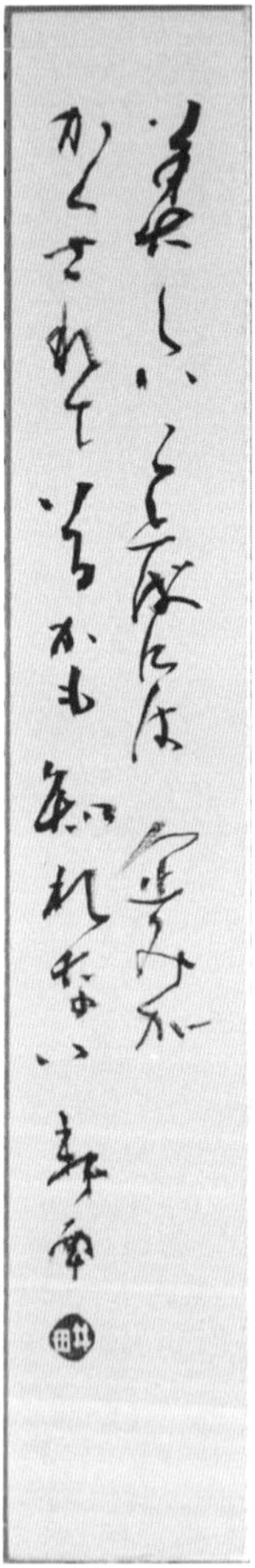

美しいことばには　企みがかくされているかも知れない

入園が決まる

僕が生まれてからしばらくすると状況は少し落ち着いてきたが、父母は次の段階が気になった。考えていたのは、次のようなことだった。

まず、僕の幼稚園の問題。

ダウン症に関わる本を広げてみると、まだまだごく普通に幼稚園が受け入れてくれるという感じではなく、話をしても断られるか、一日のうち数時間だけの参加ならば可能といった状況だと書かれていた。

通園可能としている幼稚園は、いくつかあった。しかし実際に打診すると、いとも簡単に断られた。そこで母の登場である。以前、幼稚園に勤めていたこともあり、母が話を進めることになった。

その結果、「今までにダウン症の子どもを受け入れた経験はないけれども、受け入れます」という前向きの回答を頂き、ついに僕は三歳で、幼稚園へ入園することになった。年齢別ではなく、三歳児・四歳児・五歳児が一緒のクラスにいるそうだ。なんだかよくはわからないが、なんとなく僕に合っていそうな気がした。

―ふかしぎは、幼稚園の決定を次のように考えていた。確かに経験がないことの不安は大きいだろうが、何事でも最初から経験があるはずはないと思うと、経験の有無よりは情熱の有無の差だろうなあと。

【川柳】出すときも預けるときも会える時

幼稚園

両親は、僕が幼稚園に行くようになると今度は、学校のことや成人してからのことなど、先々がとても不安になったようだ。だから余計、「今をどうするか」ということが課題となった。

通園は、無理をしない程度で始まった。母は登園には付き添うが、付きっきりでなく出来るだけ遠くからの観察を心がけていた。弁当の日は休む予定だったのだが、朝、僕がカバンを背負って出かけようとするので、お昼の前に早退することに話し合いがなされた。体力がないせいか、居眠りしたり抱っこをせがんだりしたが、水遊びになると切りがなくなるほど、よく遊んだ。椅子に座ったまま切りくずで遊ぶこともある。それでも、とにかくよく疲れる。

集団の中で、静かに正座して、きちんと手を合わせてお祈りをするようになり、登園後の靴の履き替えやカバンかけなど、自分の身の周りのことをするようにもなった。

初めは物を投げることがよくあった。投げることで物が瞬時に移動するというのが面白かったのだ。しかし何回も注意されると、何となく良くないことというのがわかり、次第に投げなくなった。

僕が周りの子どもたちと関わりを持ち始めると、父は周りの子どもと比べて僕を見るようになった。するとついつい、出来ないことに不安やイライラが募る。そして僕に、つらいことを要求したり、つらく当たったりしたこともあった。しかし、よく考えてみると、僕が幼稚園で荒れる時は、家で親の状態が安定していない時と重なっていることに父は気づいた。

僕の状態が親の現在の状態を反映していることがわかってくると、両親は、焦らないこと、要求しすぎないこと、と考えるようになった。

―ふかしぎは、ややもすると子どもの状態は親には関係ないと考えがちだが、子どもの状態を親の状態と重ね合わせてみることでわかることがある、という視点が本当に大切だと思った。

髪を切る

僕は、はさみを使うと物が二つになることに興味があった。使い始めた頃はなかなか、切るという作業ができなかった。繰り返すうちにコツみたいなものがあることがわかった。最初に切る位置を決めると、それに従って大きさの違う物ができる。だんだんと、まっすぐから曲がった線もできるようになった。

ある日、隣にいたかわいい女の子の髪を切ってみた。女の子は泣いたりはしなかったのだが、僕と母は謝りに出かけた。翌日、父の職場で同僚が「はさみとは切るもので、投げるものではないということがしっかりわかっていて、よかった」と話しかけてきた。

―ふかしぎは、一般的には髪を切られた自分の子どもの話をするのに、相手の子どもの状態を話すというのは、懐が広い人なのだなあと感じていた。

父の日

父の日、僕は父と登園する。朝、先生の顔を見つけたらニコニコして走って行く。たぶん機嫌のよい日だ。この日は父と粘土細工をする日だった。

粘土で棒状のひもを作るのに、父の作るところを見て、僕も喜んで始める。掌に力を入れて転がすのはかなり難しかったが、真似て何度もやってみた。入れ物の製作中、僕は何度も父の邪魔をした。家では怒られることも、ここでは怒られない。だから安心して邪魔ができた。そんなふうに粘土細工はとても楽しかった。しかし僕はいつもの体力のなさで、後半は静かに側に座っていた。

―ふかしぎは父に、よく邪魔されながらも作品作りをしましたねと聞く。ちょっかいを出すことで、粘土が変化することが面白かったのではないか。それに邪魔されない工夫もしたりして、面倒だったけれど、けっこう楽しめた。

幼稚園と家

先生と母は、よく話をしていた。先生はいろいろな研修によく参加されていた。一方母は、僕を連れて他の園の「ことばの教室」に出かけたり、療育の訓練に出かけたりしていた。

先生は幼稚園での僕のかねての様子や研修内容で考えられたことを話し、母は僕を連れて出かけた時の様子を話す。そういう情報交換が、これからの手立てのヒントになっていたようだった。

僕の家では家族みんな、脱いだ靴は揃えて外向きにしていた。もちろん、よその家に行ったときも同じようにしていた。六月下旬、幼稚園にも慣れた頃、僕はそのことを思い出した。入り口に脱いであった先生の靴を揃えて持って、お休みしている子どもの靴箱にしまった。

先生はそのことをしっかり見ていて、母に話した。僕もこの頃には、少し余裕が出てきたのではないかと思う。

僕は小さい頃から音楽が好きだった。幼稚園にもだんだん慣れた頃、先生がオルガンを弾くまねを、家の本棚の、下のほうの段を使ってやっていた。すると両親がそれを見て、「せっかくピアノを演奏しているのに、そこではかわいそうだ」ということで、早速本物のピアノを準備してくれた。ただの木の板での弾きまねから、ちゃんと音も出るようになり、僕も面白くなった。

妹や弟たちがよく教えてくれた。「ねこふんじゃった」を何となくそれらしく弾けるようになったりして、充実感があった。好きということもあり、小学校時代にピアノの発表会にも出たこともある。

―ふかしぎは、「音の出ないピアノ」を「音の出るピアノ」に替えたことは、その後に大きな影響を与えたかもしれないなと思った。

スイカ割り

体力のない僕は幼稚園では、居眠り、午後の休み、抱っこなどが多かった。七夕祭が近づくとその練習があったが、練習のあと僕は疲れきってしまう。

そんななか、土曜日に七夕祭が実施された。浴衣姿の先生に誘導されて入場した園児たちは、それぞれのクラスの椅子に座って出番を待つ。出し物はクラス別であったり、年齢別であったりする。僕は一週間の疲れのせいもあって静かにしていた。

スイカ割りの番がきた。みんな楽しそうにはしゃいでいる。スイカ割りは、するほうも、見ている大人たちもその雰囲気に巻き込まれ、夢中になる。すぐ近くまで行ってわが子を写真に収めようとする親、夢中になっていても少しだけ周りに気を配る親など、まちまちである。

うまく叩けない三歳児は、目隠しなしで行う。子どもというのは不思議で、目隠しがないにも関わらずスイカに当たらない。割ろうという気持ちがないようにも見える。僕も例外ではなく、当たらない。それでも楽しかった。

近くで親たちが、せっせとスイカを切っている。参加者全員がスイカをご馳走になる。座っている子どもたちの輪の中央に、食べかすの皮などを捨てる袋が数カ所設置されている。親たちのためには輪の外側にも置かれる。

おいしそうに食べた僕は、スイカの皮を隣の子に渡そうとする。父はそれに続く光景を見て、これだと思ったようだ。

—ふかしぎは「それはどういうことかな」と僕に聞いた。僕は次のようなことかなと思う。たぶん大人なら僕からスイカの皮を受け取って、捨ててくれるだろう。しかし隣の子は、捨てる場所を指差し、その場所へ僕を案内した。僕は付けていたタオルを椅子に置き、その子に付いて行って皮を捨てた。共に生きるとはこういうことなのだと父は思ったに違いない。このことは、父が最初に「共に生きる」ということを感じ取った、幼稚園での出来事であった。

プール

　夏が近づいてくると、僕の大好きな水遊びのできるプールに行く。僕は最初はなかなか水にも入れなかったし、水をかけられるのもいやだった。でもそうばかりは言っておられない。

　水にこわごわ入る。水の冷たさを確かめるかのごとく。しかしすぐに、水しぶきが飛んでくる。思わず顔を背ける。体が縮む。そんなことを何回も繰り返すうちに、プールの縁から徐々に中の方にも行けるようになってくる。先生や母はそんな様子を見て、少しずつ成長していると思ったに違いない。

　プール遊びの時間が終わると、周りのみんなは行動が早いのでシャワーを浴び、さっさと着替えてプール近くにはもういない。僕はみんなのように早くはできないので、ゆっくりと順序通りに事を進めていく。

　シャワーを浴びた後、「せんせい、たおる、とって」と言えた。なぜ言えたかは今もわからない。しかし日常使っている三つの言葉を言えた。

それを聞いた先生は、「せんせい、たおる、とって」という言葉を聞いたことに驚き、辺りを見渡した。僕以外に誰もいない。そして再確認するようにまた見渡した。やはり僕しかいない。

先生は、「せんせい、たおる、とって」という言葉を確かに聞いたことを自分に確認し、僕が言ったのだと確信した。それは先生にとって、一生忘れられない出来事になったそうだ。

―ふかしぎは、どうしてこんなことが起こるのだろうと思った。予想されない展開というのは普段でもよく起こっているのだけれども、案外それに気づかないことが多いのかもしれない。そう考えると、そういう発見は驚きと同時に楽しさでもありそうだ。

「この子、ばかだよ」

休みの日など、よく家族で一緒にスーパーに買い物に出かける。

ある時、同じ幼稚園で、しかもいちばん僕のそばにいた子と会った。するとその子は、僕を指差して「この子、ばかだよ」と母親に教えた。母親は決まり悪そうに、子どもの手を引いてその場を離れた。

僕は幼稚園でいつもそう言われていたのだが、そのことを誰かに話すことができなかった。不思議とそんな声は、耳に入ってくる。僕の両親は、たぶんいつの日か、そんなことがあるだろうと思っていたらしい。

僕が言われたことだけど、両親はこのことをどうしようかと話し合い、こういうことがあった事実だけは、幼稚園の先生に伝えることにしようという結論に達した。

そのことを聞いた幼稚園の先生はまず、「この子、ばかだよ」と言った子どもの様子を観察することにした。そして、僕があいさつをよくすることに着目し、相手の子どもに「耕君がおはようと言ってるよ」と伝えて、関係づけをしてくれた。

後になって、その子どもは自分が病気になったときも、「僕が行かないと耕君が……」と言って、幼稚園を休まなかったこともあったという。

―ふかしぎは、次のように思った。最初のきっかけは良くないことだったけれども、それをどうとらえるかが大切だった。叱ってしまうのは簡単だけれども、それでは何も変わらない。ただ良くないことを叱ったというだけで終わってしまう。良くないことも、よく考えると関心を持っていたと考えられるのではないだろうか。だからこそ、あえてとがめなくてよかったと思った。

あいさつ

　僕が小さい頃は、一つひとつのことを丁寧に教えてもらいながら過ごした。朝起きると、親が「おはよう」と声をかける。それを聞いた僕は、おうむ返しに「おはよう」と言う。

　母は、「おはようございます」という言葉も僕に知ってほしいと、「おはようございます」と声をかける。僕は次第に、大人である母と父に対しては「おはようございます」、妹と弟に対しては「おはよう」という言葉を使うということを会得していった。

　時に大人へも調子良く「おはよう」と言うことがあったりすると、「違うでしょ。おはようございます」と、気がついた人が教えてくれた。だから僕はあいさつの言葉として、「おはよう」と「おはようございます」を使い分けられるようになった。

　僕はこうやって身に付けた言葉を、あいさつの言葉としていつも使うことになった。しかし朝を過ぎると、あいさつが「こんにちは」や「こんばんは」に代わってしまい、言葉の面倒くささを知ることになった。あいさつの使い分けを知るには、日常的に使っていくということが大切であった。日常的に使わないものは、必要のないものである。そういうものは自然と忘れるし、たとえ知らなくても困ることはないと思う。

―ふかしぎは、次のように考えてみた。確かに、覚えるための努力が必要な場面もある。しかしそのことも、日常生活をしていくなかで自然と、残る言葉と残らない言葉に分けられていくのではないだろうか。

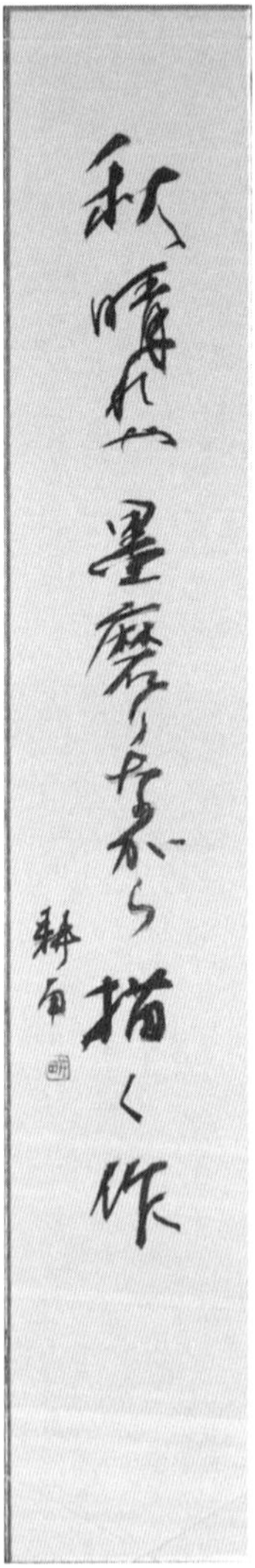

【俳句】秋晴れや墨磨りながら描く作

食事

毎日の食事では、子どもたちは父の周りに配置された。いちばん小さい赤ん坊は父の膝の上、あとの二人は右と左で、四人目は父から解放される。

みんな揃っての食事は母の方針で、必ず「おはようございます。いただきます」と言う。ただ唱えるだけでなく、時には「いただく」という言葉の意味も聞く。人間は他の生命をいただくことでしか生きていけないということを。

だから席を立つときには、「ごちそうさまでした」と言って食事の終了宣言をする。舞い戻っての食事は、ただの一度も許されなかった。

—ふかしぎは「かなりきびしくしているようですが」と父に聞いた。

きびしいように見えるかもしれないが、たぶんいちばん自然なことで、何の注意もいらない。ごく普通にお互いが守っていけばいいと思う。

外へ出ること

僕が生まれるまで、両親の近くに障がい者はいなかった。それでも両親が生きてきた環境のなかでどこかで出会っていたはずであるが、そのことが自分の中にしっかりと位置づけられてはいなかったらしい。だから余計に、悩まなければいけなかった。

この子はなぜ自分たちの元に生まれてきたのだろうかというのが、両親の大きな悩みだった。言い換えると、他の人のところでもよかったはずなのに、なぜ自分たちのところに……という思いである。障がいの原因がわからないのであれば尚更、そういう思いを強く持ったようだ。

それまでの両親の価値観では、学校とは競争の場であり、学力を育てるところであった。だから僕に予想されている知恵遅れに関して、どうしようもない感覚だけが広がっていた。僕は何と情けないことだろうと思った。たかが僕一人の誕生で、それまで学んだことがそんなにも通用しないとは。これまで両親が培ってきたことが、目の前にいる僕に何ひとつ通用しないのだ。両親にとって、これほど残念で脱力感に襲われたことはなかっただろう。

もし父が自分の価値観を今後も持ち続けようとするならば、僕か父のどちらかが死ななければ、将来がないということになる。だから新たな価値観に基づく、共存の方法を求めなければならない。僕みたいな子どもたちが過去に、その存在さえも隠され続けてきたことの意味が、父は実感として理解できた。すなわち、障がいや知恵遅れと、自分とを同一視されることによって、自分のプライドのようなものが傷つけられるという感覚である。

その感覚は無理もないことで、例えばある家庭に障がい者がいると、「あの家は普通の家庭とは違うから」ということで済ます風潮が過去にはあった。異質なものを受け入れる寛容さがない世界に生きてきたのだ、と父は思った。そしてそのことに疑問を抱かなかった自分の単純さを、父は悔やんだ。

僕の現実は、ダウン症を伴ってこの世に誕生してきたことである。僕がこの世で生きるということは、ダウン症を抜きにしては考えられない。さらに僕の現実は、どこの家庭でもよかったのに、よりによってこの家庭を選んできたことである。

僕との共存の道を選ぶということは、父にとっては過去の自分の、学力を伴った生き方を断念することであり、それまでの考えを問い直す感覚でもあった。しかし父は、過去においては「隠されてきた子」を、少しずつ世の中に連れ出すことで乗り越えられそうな気がしていた。

親の気持ちを理解しているかのように、僕は少しずつ少しずつ、外へ出て行くようになった。でも両親の気持ちの整理は、まだまだ十分とは言えなかったようだ。

──ふかしぎは、過去に学んだはずのいろいろなことが通用しないことの無念さは、教育の場で取り組まなければならない課題になると思っていた。

食堂で

両親は、僕を伴って外出をするときは、最初の頃は外に出ることだけでも大変だったので、最小限の時間で用事を済ませるようにしていた。しかし予定通りにいかず、時間次第では外食になることもある。

ごく普通の家族を装って食堂の中に入る。しかし両親は、周囲の目を気にする。ダウン症の子どもを連れていることが、父のそれまでの生き方からすると屈辱的であり、一種の許せない感覚のようでもあった。それはまだ、父の気持ちが閉鎖的であったことの証明でもある。

食事を注文し、注文の品が運ばれてくるのを待つ。普通はそれは当たり前のことだが、僕は待ちきれなくて騒ぎだす。それが、父が気にしている周囲の目を、余計に引きつける。その目の中で、屈辱的に食事をすることになる。

父はその場では気持ちを抑えているが、家に帰るや否や爆発する。訳のわからない僕に向かって、言いたい放題の事を言う。そうやってうっぷんを晴らすことで父は、ダウン症と区切りを付けたような感覚に、少なくとも怒っている最中はなれたのだろう。最後はだいたい決まって、「もう二度と、おまえと一緒に食堂なんかには行かない」と結ぶのだった。

しかしその後で、何か違うという自分でもわからない妙な感覚が父に残る。それが何かはわからなかったが、しばらくすると父は「そのうちにまた食堂に行こうか」と言ってくれる。次は前よりも長い時間待てるのではないかと考えられるようになったからである。

次の外食では、父が僕にけっこう話しかけてくる。そういう工夫がいつの間にか実行されている。回を追うごとに父は、待つことを楽しむようになった。

―ふかしぎは次のように思っていた。待ちきれなくて騒ぐ子どもは、どこにでもいる。親が気にするほど、他人は気にしていないと。

ことば

僕は、なかなか言葉が出てこなかった。ダウン症児の集まりに出掛けると、上にきょうだいのいる子は断然、言葉が多い。両親は、僕の言葉の少なさにいつもがっかりしながら帰るのが常であった。

ところが幼稚園へ通い出して一年ほどたった頃、僕の口から急に言葉が出始めた。首を長くして待っていた両親は、驚きとうれしさでいっぱいになった。それで十分だったはずなのに、ここぞとばかりに次の取り組みを始めた。僕にすると、迷惑なことだったのだが。

言葉の訓練のための、言葉を多く聞かせる「ランゲージマスター」なる機械があった。両親は、この機械で使うカードをたくさん作った。数ある絵本の中から、例えばりんごの絵を切り抜き、カードの左に貼る。そしてカードの右側に、りんごという字を書く。さらにそのカードの下にある磁気の部分に「りんご」という音声を吹き込む。こういうカードをたくさん用意したのである。

そのカードを朝昼晩、時間を決めて僕に聞かせることにした。最初は親がずっと付いてやっているので、次第に操作を覚えて自分で出来るようになった。その様子を見ながら、「これで人並みに言葉が増える。ひょっとしたら人並み以上に言葉が多くなるのではないか」と、両親は期待でいっぱいだった。

ところが僕は、楽しそうにやっていたはずなのに、逆に信じられないくらいに言葉が出なくなった。なぜだろう。このことは両親の頭の中にずっと引っ掛かっていて、今もしっかりと残っている。

両親が気づいたのは、楽しそうに見えたのは実は、カードを通すと声が出るということへの興味だったのかもしれないということだった。親は言葉が増えることを期待していたが、子どもが受け取ったものは、表面上は同じでも、内容は全く違っていたのだ。

僕はただ、紙を通すと音が出るのが楽しかっただけで、言葉をたくさん覚えようというのではなかった。

—不可思議は「それはどうしてですか」と両親に聞く。

この子のために、と思ってしたことが、本当に無駄になったと思った。しかし言葉は相手があってこその言葉なのだから、機械を使って、しかも訓練的に習得させようとしたのは、子どもには子どもなりの成長の仕方や機会があることを考えると余計なお世話であったかもしれない。この子のためにというのは実は、親のためであったのだと思う。子どもが言葉を多く獲得し、たくさんのことを話すようになると、その子を持つ親として気が楽になるのは確かだからである。

この急ぎ過ぎの結果、言葉が多くなるのは小学校高学年へとずれ込んだのである。しかしこの頃は、前回の過ちが記憶に残っていて、訓練的なことをするのでなく、日常の付き合いの中で、子どもの様子を眺めているだけで十分であったことは言うまでもない。

スーパーで

僕が歩けるようになると、当然のことながら活動範囲が広くなる。まだ抱かれている頃か乳母車の頃なら必要最小限の動きですむのだが、少しでも歩けるようになると、今までの何倍にも行動範囲が広がる。しかし逆に、歩いている間は手をとっておけばいいので、ずいぶんと楽にもなるようだ。

そこでスーパーにも一緒に出かける。抱かれていた頃にも連れて行ってもらってはいたのだが、僕に意識してほしいことがあったのだ。それはダウン症の子どもだからという特別な訳ではなくて、スーパーの仕組みを体得しておいてほしいということであった。

スーパーでは客は自分の欲しい物を目指して、あるいはこれといって買う目的はなくても、店内を見て回る。そして気に入った物があれば、誰に断ることもなく品物を取って籠の中に入れる。そうすると子どもは、欲しい物があればここでこうやって手に入れることができると勘違いするかもしれない。だから抱いて連れて行った頃も、みんなでレジを通って、金額を支払い、そして品物を受け取ってくるようにしていた。たぶん子どもたちそれぞれが、それを見て自然に納得したのではないだろうか。

そのうちに僕たちきょうだいは、自分のおやつを一つ選んで買っていいことになった。百円程度までの品物を自分で選ぶ。時にその制限額を超えていると、同じような品物のあるところへ行き、再度選択をする。子どもの好みと、その品物に関わること、とりわけ品物の値段と、持っているお金の説明をする。その内容も年齢にしたがって豊富になる。

それぞれが選択して持ってくると母は、子どもたちみんなに百円ずつ持たせて、そのお金を持って一人でレジを通るように言った。そんなふうにして僕たち子どもは、買い物の感覚をつかんでいった。

レジの人にすれば、たった一つ、しかも百円程度の品物を子どもが買うのは面倒だろうと思うけれど、買い物の時はいつも実行する。

最近は、財布の中をのぞいてから買い物をする。百円でなくても、とにかく持っているお金の範囲内で買っている。最初の頃は買い物に成功すると、得意気に「やった」と言って、本当に満足そうな顔をしていた。

買った品物は、自分が食べるより周りにあげることのほうが多い。一日の生活の中での「休憩」時に、配る。そのようにして、スーパーで買った品物が人に渡っていく。

―ふかしぎは、そのときにどうするかを、いつも考えておく必要性を感じていた。

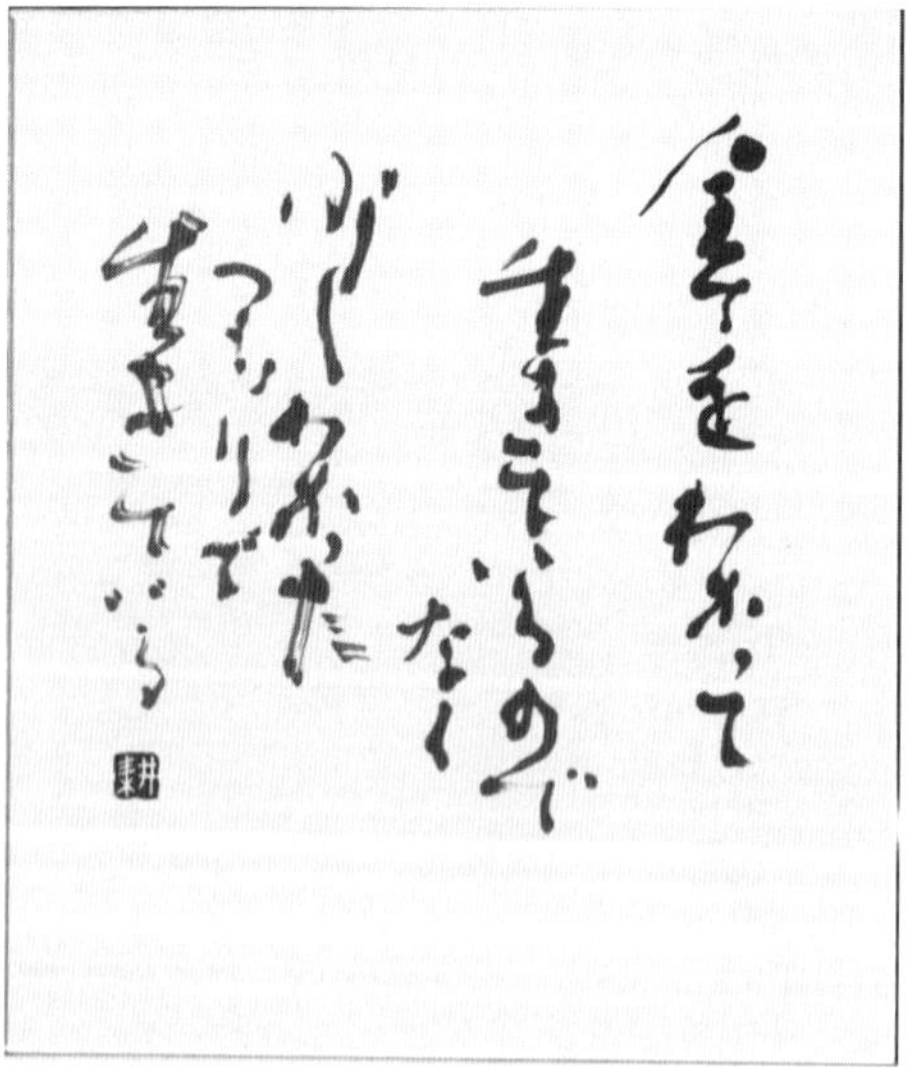

全てをわかって生きているのでなく
少しわかったつもりで生きている

「厳しく」の誤り

父の方針を、父が語る。

障がいを持たされた子どもを、初めて我が子として迎える。もし障がいがなかったとしたらどうだろう。たぶんそれほど身構えることなく、ごく一般的な育児書や周りの経験者からの知恵を拝借するだろうと思う。

しかし今まで自分の育ってきた環境の身近な所で障がい児に出会っていなければ、本を読むしかない。同じような障がい児の親に聞く手もあるのだが、なかなか見つからない。だからどうしても本に頼ってしまう。

ところが読んだ本には、この子どもたちは能力が低い、要するに物事を理解する力がないし、ましてや考えを切り替えることはなおさら難しいと受け取れる内容が書いてあった。筋道立てて落ち着いて考えてみると、そう考えることに無理はない。そうなんだと意を強くした。

本から学んだその気持ちで、子どもに向かう。子どもの過ちを絶対に許さない。心を鬼にして、そうすることを実行する。例えば、這うことの次の段階はつかまり立ちだ。その結果、食台に這い上がる。最初は「食台に乗ってはいけない」ということを根気よく話す。しかし話しても話しても這い上がる。そこで本から得た知識が脳を支配すると同時に、子どももろとも食台をひっくり返した。子どもが這い上がるたびに、これを繰り返した。こんな調子で、悪いことは悪いとして決して許さなかった。

しかしその後の妹と弟たちは障がいの条件からはずれていたので、食台ごとひっくり返されることはなかった。上がってはいけないと言っても上がろうとするときは、食台の上の物をさっと取り去った。こんなことがしばらくは続いても、時期が来ればしなくなった。

取り返しのつかないことだが、本当は、障がいのあるなしに関わらず時期を待てばよかったのではないかと思えた。食台に上がるのを、障がいのある子がすると悪いことと考え、障がいのない子どもがすると時期が来れば直ると考えたことは、間違いであったと思う。これこそまさに差別であったと、つくづく思う。

このようなことのつけは、ずっと後々まで続いた。悪いととらえたことを徹底的にさせなかったやり方は、本当の意味で「子どもを育てる」ことからは遠ざかっていたのだと思う。だから時に何かを語りかけようとするといつも、いやな顔をされた。

その時は腹立たしくもあった。しかしそれまでのことを考えると、当然のことである。何回も何回も「悪いこと」をされるうちに、それなら「自分は刺激剤になろう」と決心し、子どもがいやがることをいっぱいした。悲しい決心ではあったが、子どもは「いやなことはいや」と表現することは、きちっと身に付けた。でもこれは、そう思うことで自分を慰めているにすぎないのかもしれない。

ついに小学校時代は、子どもと仲良くなれなかった。障がいのために引き起こされる「知恵遅れ」、そのことから考えられる「考え直しがきかない」「融通がきかない」などの理由による厳しさは、一見正しかった。しかし人間のつながりという点では、何か無理をしている。それは子どもが十三歳になる頃までかかった感覚である。

時には作戦的に付き合うのもいいかもしれないが、もっともっと自然に、どちらにも余裕があったほうがいいように思う。悪いことととらえるよりも、ごく当たり前に、一つの進歩ととらえるだけの余裕があればよかった。同じことが、周りの条件によって違うものに見える怖さを知ることになった。

―ふかしぎは、厳しさって何だろうと思った。厳しさを要求すると、ある種の反発が予想される。それを覚悟したうえでも要求すべき内容であるかどうかという点検が必要で、また、出来れば相手が反感を感じる前までに済ませられないものかなと。

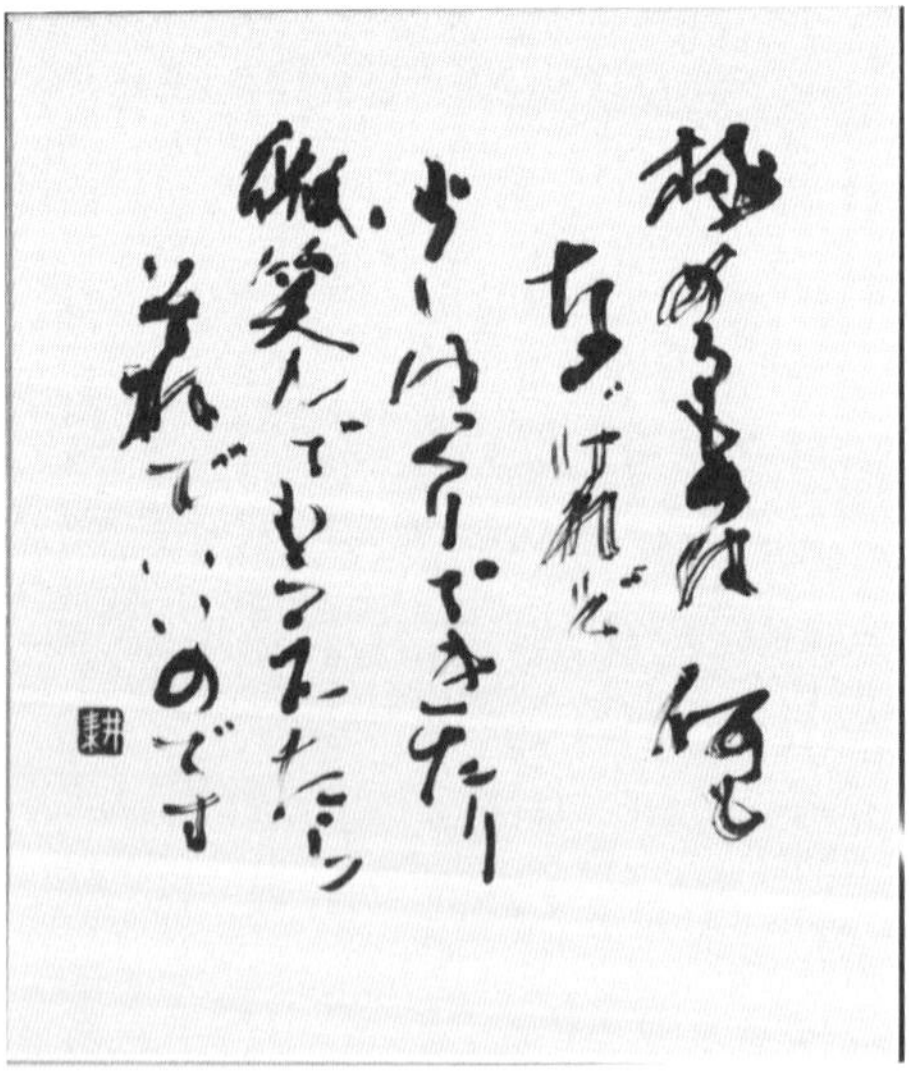

極めるものは何もないけれど
少しゆっくりできたり
微笑んでもらえたら
それでいいのです

学校選択

僕が幼稚園に行っている間も、親にとっては僕の将来が気が気でなかったようだ。だからいつもいつも考えている。でも考えてもすぐに答えが出てこないときは、とりあえず未来に先送りをするのだという。

僕はそんなことは考えもしないので、解みたいなものも期待していないし、先送りどころでなく、気分よく寝てしまうだろう。

目の前の学校選択を、両親はどう考えたかというと、僕に続く妹と弟たちに説明できない選択はやめようということだったらしい。どういうことかというと、もし地域の学校に行かなかった場合、僕の学校のことを「どうして近くの学校でなく、遠い学校に行くようになったの?」と聞かれたとき､僕の話が人にあまり伝わらないことや、勉強ができそうにないことなどを挙げて説明しなければならなくなる。そのことを妹や弟たちは納得しそうにない。逆に妹や弟たちも行く地域の学校に通うことになれば、それは当然のこととして何の説明もいらない。

結局、いちばん自然と思われる選択をしたとのことだった。

—ふかしぎは、そういう選択は当時どうだったのですかと両親に聞く。

事前に小学校での健診があり、いろいろな事情のある子どもである、と小学校側が判断すると、事情の種類に応じて手立てがとられ、進路に関する相談がある。しかし最終的には、本人や親の希望が優先される。事情もさることながら、少なくとも地域の子どもは地域の子どもたちの中で育てることを前提としていた。しかし実際は、手続きは他の子どもたちと同じように進んでいったのだが、就学決定通知がくるまでは長かった。

第二章　小学校・中学校のころ

入学して

僕の持っている連絡帳の最初に、両親は次のように書いた。

「これから一年間、よろしくお願いいたします。ご覧の通りの子どもです」

これに対する担任の先生の返事は、「少しずつ学校に慣れさせていきたいと思います。心配することはありませんよ」というもので、両親はだいぶ気が楽になったようだ。

僕は担任の先生が好きだった。でも地域の学校だと、例えば「耕君は今日、先生に叱られたよ」と僕の母に言う子どももいる。

両親は、先生は実際に担任されてみて、戸惑われたのではないかと思っているようだった。

―ふかしぎは「やはり入学ともなれば、他の人以上に両親は気を遣うのだろうな」と思い、「気を遣わないで済む時代がやってくるのだろうか」と、将来に少し不安を感じた。

周りの子どもと

通学のときは、近くの子どもたちが必ず寄ってくれた。最初は母も一緒に学校まで行っていたが、だんだん慣れてくると付き添いの距離が短くなる。そしてついには、僕にも確認できないほどの遠くからの見送りになった。

時には早めに僕一人で出かけることもある。そういうときは、母が通りすがりの上級生にお願いすることになる。さらに慣れてくると、僕は一人の先生と顔見知りになり、橋のところで落ち合うように早く出かけるようになった。

まあ僕の登校もいろいろ変化するので、母も大変だ。

帰りはというと、近くの子が僕を図書館へ連れて行き、本を一冊借りてから帰った。問題がないわけではなく、僕はカバンを背負っての往復で、その重さに何度も後ろにひっくり返ることが多い。体力がないので持ちこたえられないのだ。そこで雨上がりの日、水たまりを見て急に腹立たしくなって、水たまり目がけて、本、カバン、帽子などを投げ込んだ。川沿いの土手が通学路でもあったので、川に投げ込むこともあった。

そういうとき子どもたちは、すぐに僕の母に連絡に走ったり、川の場合は近くの大人に投げた物を拾ってもらったりした。僕はそれを見ていて、少し楽しい思いも感じていた。

母は濡れた物を日に干したり、アイロンをかけたりしながら、情けない僕のことを眺めるばかりであった。

—ふかしぎは、内容はどうであれ、こういうことが日常の関わりなんだよな、と妙に納得していた。

ノート

僕が学校に行くようになると、両親は僕が学校で何を学習しているのかが気になった。授業時間は何をしているのだろう、どんな過ごし方をしているのだろうと、要するに学校に行っている間じゅうのことが気にかかるようだ。

母は授業参観など何かあるたびに学校に行っているので、大方の予想はつくようだが、父は父の日の催しの時だけだから、なかなか家での行動や主張が読めない。しかし付き合いの時間が多くなるにつれて、感覚的にわかることが増えていったようだ。

母は学校によく来て学習の時間を見ているので、僕がノートに書き込みができるように準備をしてくれる。教科書を参考にしたり、他の教材を参考にしたり、時には思いつきで、授業時間の利用を想定しながらノートに書き込みをしておく。

担任の先生によってはそれを要求することもある。母は、先生が伸びることができるせっかくのチャンスなのにと思いながらも、親の伸びるチャンスととらえて、あれやこれや考えて準備する。

僕は母が準備したものを使わないこともあったのだが、ほとんどはそれを取り入れていった。学年が上がると、他の子どもたちが僕の親のまねをして、僕の教材に課題を書くことが多くなった。僕と周りの子どもたちとの関わりが、準備されたノートを通して出始めた。

―こういうところにも周りとの関わりができるんだとふかしぎは思った。

両親は僕のノートを見返して、いろいろな変化を感じとっていた。はじめはどうしても単純な直線だけで、つながりはなかった。まもなく、次の直線の折り返しが現れ、次第に曲線が見えてくる。そういう変化を、いつも両親はしっかりと見つけていた。

わかっていることと表現すること

あるとき父は、僕が「文字を知っているのだろうか」と思ったらしく、机に紙と鉛筆を持ってきた。父はまず実際に卵を握らせてみてから、手全体を卵を握った感じにすることを教える。それから鉛筆の両側を、親指と人差し指の腹でつまむ感じで握らせる。次に中指を鉛筆の下側から当てる。こんなふうにきっちりと教える。何でもそうで、後で修正されることはない。

準備が整うと、父は「こ」と言った。恐らく僕の名前だ。僕は書こうとしたが書けなかった。鉛筆を握ったまま止まっている。次に「う」と言う。結果はやはり変わらなかった。

父は今度は、何やら別の準備をし始めた。自分が日常使っている硯、墨、下敷き、文鎮、筆、それに紙を応接台に準備した。セットし終わると、「耕、こっち」と呼ばれた。僕に緊張が走った。

もう六月も半ばで、この時期おいしい魚が出てきていた。父はたぶん、僕の興味は食べることしかないと思ったのだろう。僕に向かって「あ」と言った。すると僕は「あ」が書けた。当然、次の「ゆ」も。筆が倒れないように先端を父が支えているので、書きやすかった。

——ふかしぎは「最初の段階で、『この子は字を知らない』とどうして思わなかったのですか」と父に聞く。

父が言うには、筆記用具の違いを知っておくと、知らないから書けないという場合と、知っていても書けないという場合の違いが認識できる。実は筆記用具の中で、鉛筆がいちばん指先に力が必要なのは明らかで、子どもの状態を考えると、用具を変えてみるというのは大切なことだ。

わかっていることは表現できるはず、と思いがちだが、その二つは別物と考えたほうがいい。

本を読む

僕は家に帰ってくると、よく教科書やノートを広げて、学校で習ったところを復習している。父はその内容がわからないので、僕が何かをつぶやいていると言う。そこで母に、「何か、わーわー言っている。適当に開いて言っているのじゃないか」と聞く。

母は授業参観などに出かけていてその状況を知っているので、「開いているところは、いま習っているところですよ」と言う。父は、「へえー」と妙な納得の仕方をしていた。それからは、ここを習っているんだという感じで眺めているのを、僕は感じていた。

父が興味をもって僕を観察していると、次第にその教科の内容の事を言っていることがわかってくるらしい。もっと慣れてくると、内容が聞き取れるようになるのではないかと父は思っている。

父は僕がまだ小さかった頃のことを思い出していた。僕の言うことがわかるという妹に「どうしてわかるの？」と父は聞いたことがある。妹は「耕くんが好きだから」

と答えていた。そこで父は、相手のことをわかるには好きになることが大切なんだと思った。

僕の発音の問題については、「繰り返すことが嫌いな子だからなあ」と父はぼやいてもいた。僕は何でも自分なりの表現をし、周りの人が聞き返しても、気分のいいときにしか繰り返さない。自分ではその意識はあまりないのだけれど、どうもそうらしい。周りは何回も何回も聞き返すことになり、僕も聞く側も、次第にうんざりしてくる。

―ふかしぎは僕に、「言ったことは周りに理解してもらえているの？　発音はどう思っているの？」と聞いてきた。

僕は家でも、発音が違うと言い直させられる。例えば、僕はバナナを「さかな」と言っているらしい。でも僕はそう言っているとは思っていないのだけれど、言い直させられるとやはり、違う言葉を言っていたという感じがわかる。でも何回も繰り返すのはいやだし、疲れる。「だめだ、だめだ」と言われながらの繰り返しだから。繰り返しやって正確に発音できるようになるのは良いことだとわかってはいても、何度も何度も繰り返すのはごめんなのだ。

―ふかしぎは、次のような妙なことを思ってみた。

一日にきっかり五分ずつ遅れる時計があったとしよう。その時計だけを見れば、それは時を正確に刻んでいるとは言えないかなと。

また、バナナを「さかな」と言ったとしても、そんなに大きな間違いではないのではないかなと。ある小さな範囲であれば、お互いがわかっていればいいという問題だってあるかなと。

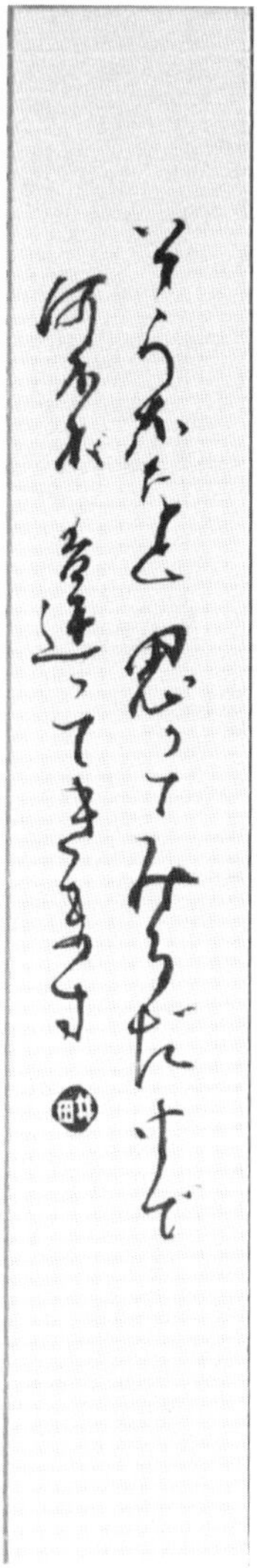

そうかなと思ってみるだけで　何かが違ってきます

十五夜

僕が小学校に入学して最初の、地域での行事が十五夜だった。幼稚園のときからすると、ずいぶんとたくさんの子どもたちや大人と会うことになった。両親は、これからの地域との関わりを考え、非常に緊張していた。僕に対して周りの人たちがどんな関わり方をするのだろうという緊張である。

九月になり満月の夜を迎える頃になると、子どもたちが十五夜に合わせ、寄付を貰いにやってくる。数名ずつが手分けして、例年通り商品代を家の数で割って設定されている目標額を目指しながら、自分の地域内の家々を回る。たぶんその額は、十五夜が始まった頃から、子どもたちの数、商品の額、さらには世の中の物価などを考えながら決められている額のように思う。

十五夜は地域住民による綱引きから始まる。綱引きは七番勝負で、地域の東側の地区と西側の地区に分かれて戦う。どの行事もそうだが、まず代表のあいさつや注意事項の説明等があり、その後で皆の待っていた時間がやってくる。

綱引きでは、大人たちは当然、自分の地区の側で綱を引く。しかし一回の勝負ごとに場所を移動する子どもたちがいる。その子たちは決まって、負けたほうに移動する。しかし最後の七番目の勝負となると、大人も子どもも自分の地区のほうで、精いっぱいの力を出す。それでその年の勝敗が決まる。

綱引きが終わると、場所を移して相撲が始まる。幼児から小学生までの取り組みがすでに紙に書かれている。書かれていないときには、「幼稚園」というように、呼ばれることになる。

小学校一年のとき、「一年生」という行司の呼びかけに応じて一年生たちが土俵上に集まった。しかし行司が「この子は違う」と言い、僕は除かれることになった。僕は自分で訴えることも、それを表現することもできなかったが、周りの子どもたちが口々に「この子は一年生だよ」と言ってくれた。でも残念ながら、その行司には聞き入れてもらえなかった。地域の大人にはまだまだ、僕がここに住んでいて生きていることが届いていなかった。

僕は体が小さく、標準的な体格の一年生ではなかった。しかし僕の周りの子どもたちの声に素直に耳を傾けてくれていたら、こういう間違いは起こらなかっただろう。

外見だけで、しかも自分の基準だけで判断することは、実は間違いを犯す可能性が高いということである。みんなが共に生きるために、いろいろな考えを大人は受け止めてほしいと思う。

さらに、みんなに用意されていた土産も僕には準備されておらず、二重に残酷な状態になった。こういう状況が地域のみんなの前で起こると、親にはものすごくこたえる。当人である僕がそれでもにこにこしていたことが、母の悔しさをさらに増した。「悔しくて悔しくて」と家に帰って父に話した。

父は、「いくら表現できなくても、いくら抗議ができなくても、いちばん悔しい思いをしたのは、当の本人の耕ではなかったのかな」と言った。

──ふかしぎも母と同じように思っていたのだが、父の話を聞くと、そう考えるほうが、より自然に物事をとらえられるんだと再認識した。

小さな親切

僕は地域の学校へ通っている。そうすると通学のとき、近くの子ども数人が集まって一緒に出かけることになる。

こうしたことは地域の小学校では日常的な光景だが、大人には少し違って見えるらしい。普通の子どもが、普通でない子どもをお世話して学校へ行っている、と映るらしいのだ。

そういうわけで、「小さな親切」として、学校の行き帰りを一緒にした姉と弟のきょうだいが表彰された。

幸いなことにこの「普通の子」は、「どうして自分たちだけ表彰されるのかなあ、耕君も一緒に行っているのに」と言う。そう感じる子どもの感覚のほうが、より自然に感じられる。

—ふかしぎは考える。

大人は障がいがあるかどうかで、周りのお世話が必要な人とそうでない人に分類している。しかもごく当たり前のようにそう考えている。だからお世話した人を表彰の対象にするんだろうなあと思う。

外見的にはそう見えるかもしれないが、逆に影響を受けたり、何かを気づかされたりということはないのだろうか。まああったとしても、それは見えないものだから、やはり表彰というわけにはいかないのかなと思う。

【川柳】冗談を現にかえた想い知る

将来を考えて今を

僕が低学年のころ、状況報告を兼ねて相談があるということで、学校から呼ばれることがあった。日常の連絡や相談の場合は母が出て行き、何か重要なことで呼ばれるときは父が出るように分担していたそうだ。父は勤めが学校ということもあり、状況判断がしやすかったからではないかと思う。

今の状況は、周りのみんなともよくコミュニケーションがとれ、うまくいっているとの報告があり、さらに将来を考えたとき、自分の名前だけでも書けるようになったらもっといいのではないか、と担当の先生に言われた。そのためには二時間の時間が欲しいと。要するに、みんなとの時間を二時間減らすことに同意してほしいということであった。

父は幼稚園の頃の言葉のこともあり、「名前を書けることが、本当に未来を開くことになるのですか」と聞いた。

担当の先生は、先ほどはそう言ったものの、そのことには自信はなかったようで、「子どもの将来を考えて、今をどうするかを考えていかないといけませんね」と言われた。

—ふかしぎは、次のようなことを思った。

子どもの将来を考えるのは親にとって当たり前のことなのを、わかってほしいなあ。そういう子どもがいるいないに関わらず、少し自分の立場から離れることができればわかるはずだと思うのだけど。

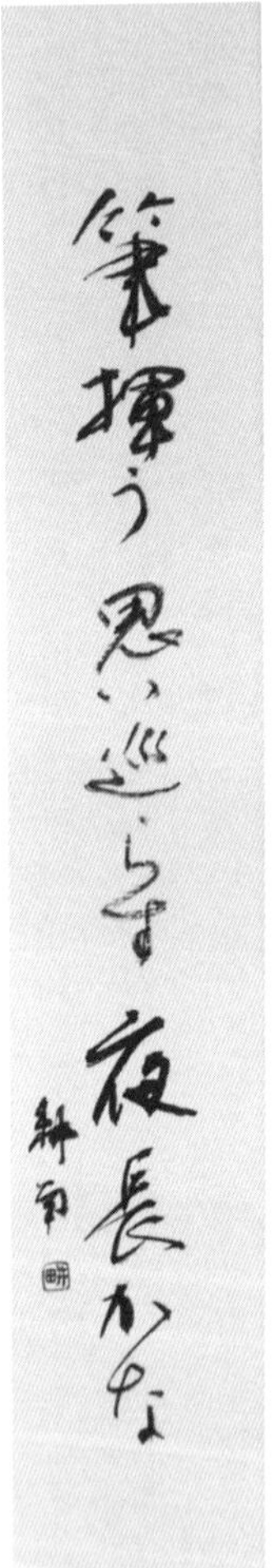

【俳句】筆揮う思い巡らす夜長かな

「ばかな子の妹だ」

ある日、妹が学校から怒って帰ってきた。

いつも通り川沿いの道を帰っているとき、上級生の男子数人が「ばかな子の妹だ」と言ったそうだ。そのことをすごく怒っていたのだ。僕は何となく申し訳ないような気にもなった。

―ふかしぎは妹に、「彼らはどう言えばよかったのかな」と聞いてみた。

妹は、単に「耕の妹だ」と言えば問題はなかったという。

小さいながらも内容をしっかりとらえているようだ。人をどういうふうに思おうと、「ばかな子」というおおざっぱな、しかもあいまいな言い方をする必要はない。

自転車

僕に体力がついてくると、両親は自転車を買ってくれた。僕は自分の時間の余暇を利用して、自分なりの乗り方をする。

自転車を引き出す。そして自転車にまたがる。普通は、次にペダルに片足を乗せてバランスをとりながら、もう一方の足をペダルに乗せ、倒れないうちに上側にある足に力を入れ、自転車を進める。しかし僕は、決してペダルに足を乗せようとはしなかった。そのままの状態で、両足で勢いよく地面を後ろへ蹴る。そうすることで自転車は前に進んだ。このほうが自分にとっては乗りやすく扱いやすかった。

こういう乗り方が長い間続いたので、両親は、僕は自転車に普通通りには乗れないのではないか、ダウン症だから神経が鈍いからかもしれないなどと思うこともしばしばあったようだ。しかし僕自身はただ、自転車に乗るということで精いっぱいだったのだ。

しかし僕が自分なりのやり方で乗っているうちに、次第に両足が地面から浮いていている時間が長くなり、やがて両足をペダルに置くことができるようになった。周りの予想に反して、僕はついに自転車乗りに成功したのだ。

しかしまだ不安は残っていて、いつも地面を見ながら両足で地面を蹴り、前をほとんど気にかけない。前方不注意もいいところで、前に十分な空きがあればいいのだが、周りははらはらし、安心して見ていられない。僕だってみんなと同じように、時には道路に出る。道路はずっと真っ直ぐというわけにもいかず、曲がっていたり、近くに川が流れていたり、さらにその堤防沿いの道は車がずいぶんと走っていたりする。車に突き当たりそうになったことも何回かあって、大事には至らなかったが実際に車の横にぶつかったこともある。

僕が買ってもらった自転車は黄色で、ずいぶんと気に入って乗った。長い間乗って使用に絶えられないくらいに古くなってしまい、その自転車は処分された。しかし僕の自転車のイメージは黄色で、黄色の自転車は自分の物、という感覚になってしまっていた。だから処分された後も、黄色の自転車を見ると無性に乗りたくなった。

僕は自分が暇なとき、というよりも周りの子どもたち、とりわけ妹や弟たちが自分の事に熱中しているときは、一人ぼっちになる。

こういう時は大変で、妹や弟たちも自分の事は一時中断して、大捜査網を展開することになる。僕は、黄色の自転車は自分の物という思い込みが解けないうちは、近所の黄色の自転車を車庫から持ち出して乗り回った。自転車に乗るとまたまた行動範囲が広くなり、さらに危険も増大するのである。

—ふかしぎは、行動範囲が広くなることによって危険が増すのは、みんなに共通の課題のように思えていた。

ボウリング

妹、弟たちが揃うと、何かの遊びが始まる。時にはサッカーをすることもあるがだいたいは野球だった。外用のバットでは危ないので父が禁止にすると、僕たちも知恵を働かせて、部屋の中でも、軟らかいボールと紙を丸めたバットで遊んだ。

一人が投げる。もう一人はキャッチャー、さらに外野、打つ人と、四人が揃っている。外野は時にはアンパイヤになるときもある。さすがに打ってから走り回るほど部屋は広くない。

そんな遊びをしているうちに、新しい遊びを考え出した。部屋の隅に三人が三角形の頂点の位置に座る。そしてその反対の隅に、直径二十センチくらいのボールを持った子が一人いる。

父は最初は、なんで三人が隅に固まって座っているのだろうと不思議に思ったようだ。様子をじっと見ているうちに、ボウリングが思い浮かんできた。

一人が、部屋の隅の三人めがけてボールを転がす。そのボールに当たると、ゴロンと後ろや横に倒れる。一人目に当たったボールが予期しないコースを通って別の子どもに当たると、その子もゴロンと倒れる。

僕たちのその仕草は優雅で、一人ひとりに役割があって、何ともほほえましいと父は思った。ああ、こんな遊び方もあるのだと感心した。

—ふかしぎは父に、「どんな気持ちで見ていたんですか」と聞いた。

すると父は、自分が小さかった頃のことを思い出していたと答えた。父は男だけの四人きょうだいだった。しかもこの子どもたちと同じように、二歳ずつ離れていた。なのに、その四人で遊んだことを思い出さないのだ。なぜなんだろう。ただ単に、忘れているだけであればいいのだけど。

遊びの中で

ある日、きょうだい四人で、それぞれの特徴について話をした。

まず僕は、ばかなことが取り柄だと。それは、周りを気にしながら生活をしなくていいということだ。僕は歌を歌ったり生け花をしたり眠ったり、意のままに過ごしている。それが羨ましかったらしい。

妹はそのころピアノを習っていて、楽器が好きなこと。次の弟は、勉強はあまりしたがらずにみんなとよく遊んでいたので、遊ぶこと。その次の弟は、勉強に興味を持ち始めた頃であったので、勉強が好きなこと。

──ふかしぎは考え直してみた。

ばかなことが取り柄というと否定的にとらえがちだが、本当はみんながそうしたいと思える内容なのだなあと。

野球

ダウン症の子どもは動作が緩慢だと、よく言われる。ひとくくりにダウン症の子どもは、と言っていいものかと僕は疑問に思う。常に他のダウン症の子どもと比べているわけではないので何とも言えないが、僕の場合は、全体的に動作がゆっくりではある。しかし何に対してゆっくりかと言うと、恐らく僕の周りに存在する人たち、即ち身近なところでは妹や弟たちに対してだ。

すぐ下の弟は野球が好きだ。小学校時代から、帰ってくるとすぐに野球をやっていた。兄である僕を、「耕君、野球しよう」とか「耕君、キャッチボールしよう」と誘いにくる。僕も弟に絶大なる信頼を置いているせいか、必ずと言っていいほど誘いに乗る。

バット、グローブ、ボールなど、それぞれが分担して持って行く。別に遠くの広い場所に出かけるのではなく、門の前の道路である。近くの空き地のときもある。こんな感じの夕方は、ほとんどキャッチボールなどの野球で過ごす。時にはサッカーをすることもある。

野球は、今の大人たちが子どもの頃にやっていたのと同じように、人数により役割の工夫がある。人数が多いときは多いなりのものになり、少なければ少ないなりに工夫する。二人だけのときは主にキャッチボール。僕は、始めた頃はボールが怖くて、手は出すのだがなかなかキャッチできなかった。捕れないことが続くと、弟に怒られる。怒られるのがいやで、「もういい」と言って引き揚げることもしばしばだった。

それでも次の日、また誘われる。またその話に乗る。こんな感じである。

飛んでくるボールを怖がることも長く続いた。しかし遊びは続く。弟たちは失敗や下手なことに対して、ていねいに教えるのだが、僕はそう簡単には成功しない。そうなると僕は、時には本気で怒り出す。そして、「もう遊ばない」となる。

弟が僕の広げたグローブにめがけて速い球を投げ込む。最初は怖いのだが、そのうちに両方の呼吸があったのか成功する。この辺りから、何となくキャッチボールらしくなってくる。そうなると弟たちの注文も次第に高度になり、速いボールを投げることをも要求してくる。

―ふかしぎは、「一つのことが成し遂げられると、次の課題が出てくることをどう考えていますか」と父に聞く。

　学校では特にそうで、一つが成し遂げられると次が準備されている。本人は望んでいないかもしれないのだが、周りが課題を準備するのだ。本当は余計なお世話かもしれないと思う。しかし、もし望んでいないことやしたくないことであれば、本人が「いやだ」とか拒否反応を示すはずで、その点を見逃さないように心がけることが、課題を準備する者が間違いを犯さない瀬戸際になるのではないか。基本的には余計なお世話なのだと、常に認識しておくことが大切である気がする。

家族旅行

毎年のように、車で家族旅行に出かけた。僕の家族だけでなく、じいちゃんばあちゃんも一緒のことが多かった。二泊三日の旅行だ。

長旅を終え、夕食までは、入浴したりしてそれぞれ自由に過ごす。夕食の会場は目の前に海が広がり、夕日が素晴らしい景色を作っていた。

その美しい景色にみんなが酔いしれていたとき、異変が起きた。僕が夕食会場の舞台に上がり、曲もかかっていないのに優雅に踊り始めたのだ。じいちゃん、ばあちゃん、父、母、妹、弟たち、みんな静かに見入った。五分くらいだっただろうか。僕はもう浴衣に着替えていたので、踊りも様になっていたのかもしれない。終わると、みんなから割れんばかりの拍手をもらい、アンコールまであったが、応えるはずがない。

―ふかしぎは、「どうしてここで踊ったのですか」と僕に聞く。

実は僕自身も、「なぜここで踊ったのだろう」と不思議だった。踊りを習ったこともないし、本当は踊りなんてできないのだ。何かがそうさせているのだが、それが何かは僕にもわからない。目の前のすばらしい景色が、僕に何らかの伝達をしたのだろうか。人は目の前の大自然から何かを受け取ることがあるが、僕は人一倍、そういう影響を受けやすいのかもしれない。

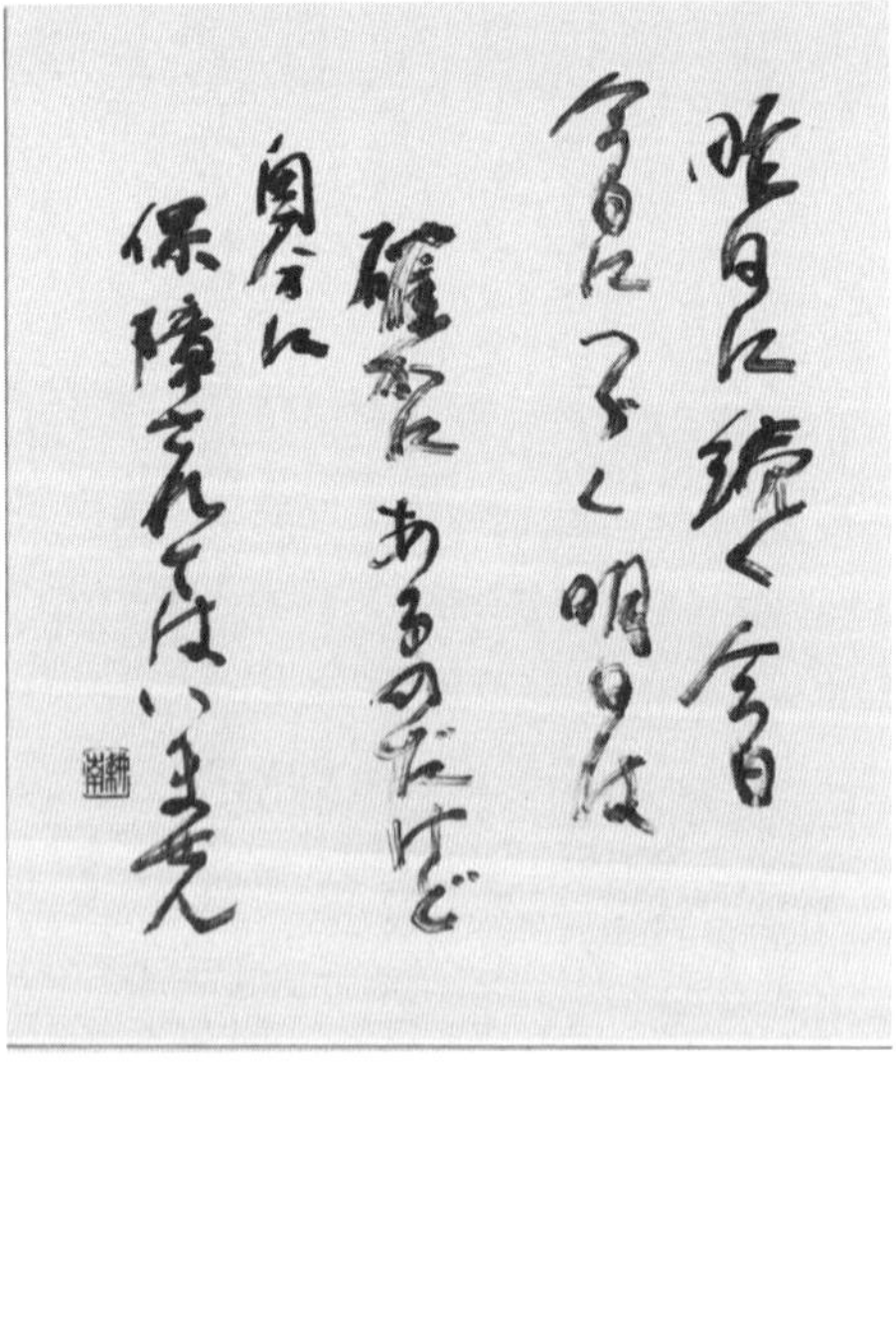

昨日に続く今日　今日につゞく明日は
確かにあるのだけど
自分に保障されてはいません

学ぶこと

僕は体力のなさから、よく居眠りをしたりする。午後ともなれば本当に眠くなってしまう。そうすると、何を学んでいるんだろうと自分でも思うことがある。

でも家で学習しているときは、本はいま勉強しているところをしっかりと開いているし、読んでいる。しかし周りには、僕が何をしているかわからないかもしれない。

学校では、みんなの部活動が気になって、いろいろなところを回り、帰りが遅くなることもある。

ボールがよく飛んで来る場所などにいて、一個は自分用に確保し、他は要求に応じて返球する。

各教科の内容は設定された目標には遠く及ばないまでも、授業への参加はまあまあやっている。

学ぶこととは、特に義務教育までは、周りのみんなと関係を持ちながら地域で育つことなのかな、と父は言っていた。

――ふかしぎも、それから先の選ばれた者たちしかいない社会では、それ以外の人が切り捨てられる社会になるのを懸念している。やはり自分が生まれ育った環境を忘れないことが大切ではないかと思っている。

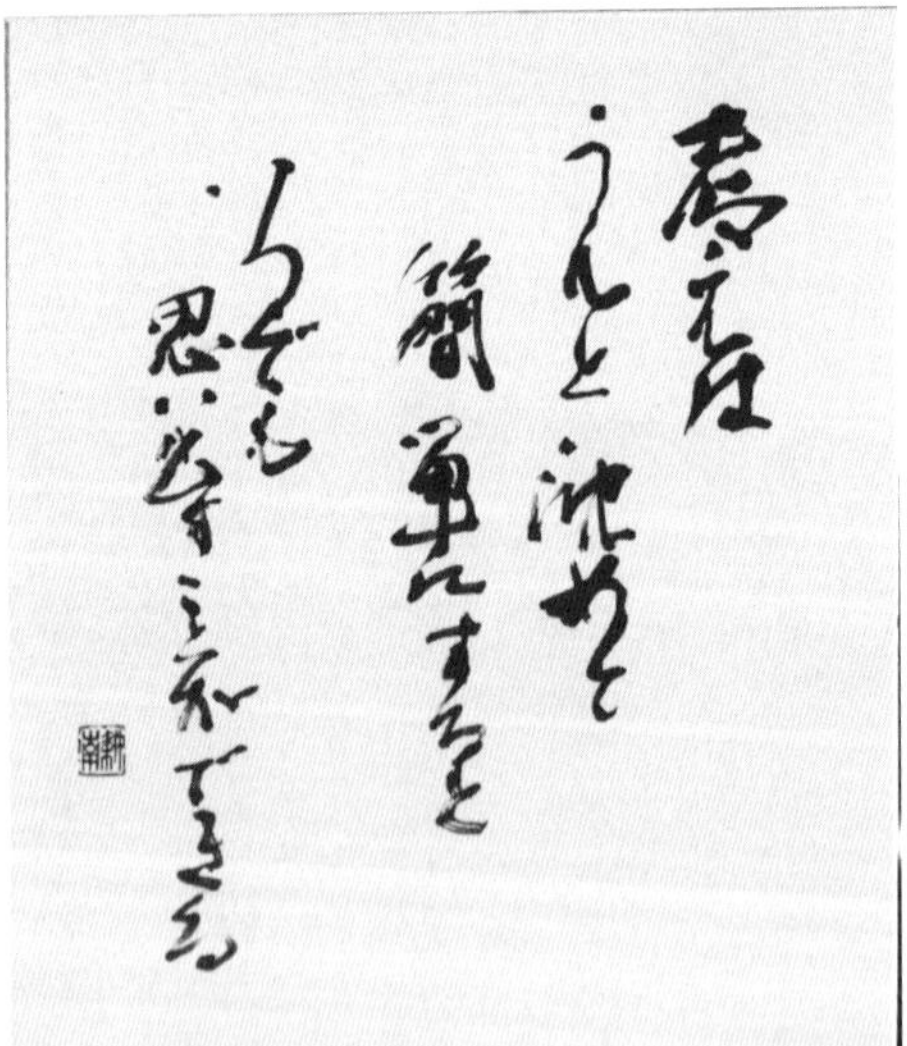

考えはうんと沈めて簡単にすると
いつでも思い出すことができる

「ばか、あほ」

小学校に行くようになって、僕もいろいろなことばを言うようになった。僕はことばの一つひとつの正確な意味や、どんな場面で使うのかをしっかり意識しているわけではない。ただみんなが使っている雰囲気に合わせながら、使っていたつもりだった。いつもは妹や弟が、「ばかと言ってはいけないよ」と注意してくれていた。

ところがある日、父が何かを話しかけてきたとき、僕にはその内容がわからなかったので、思わず「ばか」と言ってしまった。父は「ばかとは何だ」と、目玉が飛び出るくらいに怒った。

父もそのときは思わなかったようだけど、後になって、学校でそういうことばを日常的に使っているということを認識できたようだ。

—ふかしぎが、「ばかと言われてなぜ怒ったのですか」と父に聞いた。僕はこっぴどく怒られているので、びくびくしながら聞いていた。またもや数学を使っての話になった。

もし、ばかと言った人がばかだったら怒らない。それは意味を知らずに使っているから。逆にばかと言った人がばかでなかったら怒る。意味を知って言っているということは、相手に本気でばかと言っているからだ。つまり、言われた者が言った者をどう思っているかで、怒るか怒らないかが決まる。要するに、言われたものが言ったものをバカだと認識している場合は怒らない。そうではなく、認識していない人からバカだと言われたら、怒るべきだと思う。

言ったことば次第でその人の考えがわかるとは、数学って侮れないぞと僕は思う。

―ふかしぎも、数学って生活していくときはあまり役立たないと思っていたが、問題を整理していくときに使うといいようだと思った。

頑固になった

僕も幼い頃は、ダウン症特有の人懐っこい性格も手伝ってか、自分で言うのもなんだけど可愛かった。しかしだんだん大きくなると、そうもいかなくなった。小学校高学年になると次第に、ある意味「頑固さ」みたいなものが出てきた。

それまで、何かを使うときは「これ、いーい?」「あれ、いーい?」と聞いていたのに、自分が使いたい物は、持ち主のいない間に集めて勝手に使っている。そこへ妹や弟たちが帰ってきて、僕の周りにある品物の中に自分の物を発見し、「返せ」と要求する。きつい言い方をされたら答えは決まって「ノー」で、柔らかく言われると返す。このあたりが実に面倒くさい。結局そのほうが返してもらうのに早道であることは確かなのだが、自分の物を取り返すのに、どうしてていねいに頼まなければならないのだろうと思う。それも、僕の気に触らないように柔らかく言わなければならないのである。

こんなことが何回も続き、ものさし、はさみ、のりなどが見つからないときは必ず、僕の周りを探しに来るようになった。僕はその様子をじっと見守る。発見されると、所有権を主張され、二度とこういう事をしないようにと言われてしまう。ちゃんと話したからそれからは大丈夫かというと、そうでもない。

こういう繰り返しの中で、僕は少しずつ頑固になっていく。たぶん自己主張をし始めたのだろう。僕が必要とする物を、家族から借りて使うだけのことであり、済んだら返しておくだけのことである。ただ、使ったままか自分の引き出しに仕舞い込むから問題が起きるだけなのだ。

こういうトラブルはそれだけに留まらず、何につけ僕は「ノー」の返事が多くなってきたように思う。今までの「イエス」から「ノー」への変化は、僕の主張であり、大いなる成長と見てほしい。

―ふかしぎは、「ノー」を言うときの覚悟はあったんだろうかと思う。

子どもの将来

父は研究会によく出席し、時にはレポート報告もしていたようだ。出席者から、「子どもの将来についてどう考えているのですか」と聞かれることも何度もあったという。でも父は自分の希望は述べずに、「たとえ障がいがある子どもでも、自分の将来は、自分で考え自分で切り開くのではないでしょうか」と答えたそうだ。僕の将来に見通しや自信があったわけではなく、他の子どもたちと同じでいいはずだと考えての発言だったそうだ。聞いた人はおそらく「なんて親だ。子どもの将来は考えていないのか」などと思ったにちがいない。

—ふかしぎは「なぜそう思うのかな」と聞く。

障がいがあるのだから親がしっかり道筋を作ってやらないといけないのじゃないか、と考えるのが普通らしい。

キャンプ

僕がまだ小さい頃から一〇年くらい、親の会の活動として一日での情報交換や一泊二日の宿泊研修をやっていた。

僕たちがだんだん成長して行動範囲も広くなったこと、ホテルでの一泊二日の宿泊研修を終えて帰るとき別れがとても名残惜しいことなどにより、二泊三日のキャンプをやりたいという希望が出て、実施することになった。

会の世話役である父が計画を立てたのだが、初めてのキャンプなので、下見にも行って二泊三日の内容を練り上げた。

目的は「いろんな人を認め合うこと、そして三日間を協力して過ごすこと」というものだった。僕にはちょっと理解しがたいが、精いっぱい参加することで何とかなる気がした。

その計画では、キャンプの間じゅう、僕たちが活動できる場面をたくさん作ってあった。夕食の準備ひとつをとっても、米を洗う人、羽釜を準備する人、火を起こす人、じゃがいもの皮をむいて切る人など、数多くの作業があり、その一つひとつに参加することが、新たな経験や発見になった。

何もできないと思っていた子どもが、実は火を焚き続けることに興味を示したり、なかなか一緒に食べようとしなかった子どもが、ご飯をおかわりして食べたり……。

みんなきっと、自分が認められていることを、何らかのかたちで感じ取っていたに違いない。それが、このような集団生活の中でそれぞれの出番として表れてくるのではないだろうか。

昼はプール、アスレチック、散歩、夜は花火、カラオケ、キャンプファイヤーなど、いろいろな催しを一つずつ実施していく。

僕はというと、歌の時間をつくり、バンガローにみんなを集めた。いつものように、入ってくる人ごとに「こんばんは、こんばんは」とあいさつをする。中には学校の音楽の先生もいたらしい。

みんながそろったところで、楽譜を配る。そしてみんなに「ふるさと」を歌うよう指示する。いつものように大きな仕草からその曲に入る。ほとんどの人は僕の指揮で歌うのは初めてなのだが、指揮がいいのかみんな上手に歌えた。みんなも満足そうな顔をしていたが、ここでもしっかりと指揮ができたことで僕はそれ以上に嬉しかった。

―ふかしぎは、次のようなことを思った。

キャンプが計画され、みんなが集まって、いい思い出を作って帰る。しかし企画で悩み、直前になっても参加人数がはっきりしなかったりと、計画する側にとっては大変なことが多い。そういうことは、参加する側にはわからない。ましてやどんなにいい計画であっても、それを引き継いでいかなければ、お互いにとって意義のある会にはなりにくい。

耕君係

僕みたいに障がいを持たされた子どもが普通学級に通うとなると、その学級ではいろいろな特別な取り組みが展開され、授業時間、休み時間、昼食時間、放課後などに実行される。

その取り組みの一つに、係活動というものがある。中学校では「耕君係」といっていた。一年生の頃は、以前から僕と関わりのある子どもたちが中心となっておこなっていたが、二年生の頃から次第に、出来るだけ全員の子どもたちが関わることにしようということになった。そのため学校では、次々と発展的に計画が作られた。

「耕君係」は、二人から三人ずつに班分けされて、一日の時間割や次の日の連絡事項などを記入した「耕君日誌」を親に届ける。学校で今どんなことが進められているのかとか、僕のその日の状況や様子などがよく書かれていて、親にとってもわかりやすいものだった。日誌には、係の子どもたちの、その日の感想も書かれていた。

二年が終わる頃、その活動で係が気になる点が、両親の予想通りであることがわかった。日誌には毎日のように、僕の機嫌が悪い日は係としての一日の付き合いが大変だったこと、逆に僕の機嫌のいい日は係の仕事が比較的楽だったたことが書かれていた。

ダウン症の子どもはほとんどそうなのかもしれないが、僕はけっこうお調子者である。調子がよいときは、機嫌よく多少のことには「ハイ、ハイ」という感じで応じる。しかし調子の悪いときは、すこぶる不機嫌である。いやなことは絶対に拒否する頑固さもある。

このために、家族であっても迷惑をする。普段は何気なくスムーズにいくことがスーッといかなくなり、一悶着も二悶着もあってからやっと、事が進むことになる。ところが事が進み出すと僕は、何事もなかったかのような様子になる。だからなおさら周りの人たちは、僕に対してムカムカすることになる。

でもこんなことは、程度の差こそあれ普通の人にもあることだ。ただ普通の人は周りの様子を伺うので、問題が小さくて済むだけではないかと思う。僕の場合、機嫌の悪いときは、いやなものはいやと言うだけである。

こんな感じだから、係の人はその日の運に任せるしかない。いろいろな出来事はたぶん僕のわがままによるものが多かったかもしれないが、なかには周りの子どもたちの反応を期待してのこともあったと思う。

両親には、日誌の中で気になる事が一つだけあった。それは係の子どもたちの書く感想が一年間、ずーっと同じだったことである。僕にとってはその日の係、いわば小さなお目付け役がいて、係の子どもたちにとっては今日一日世話をしなければならない相手がいるという、それだけの関係のままで終わってしまったのかなと思った。

一年生のときは、以前に僕と関わりのあった一部の子どもたちだけの係活動であったものを、二年生になると、すべての子どもたちが僕と関わりを持つような活動に変えたように、何か次のステップを感じさせるようなことが感想欄にあってほしかったなあと両親は思った。例えば係の子どもが、世話をする相手として僕を見ていた目を、自分自身に向けてみたようなものとか。

―ふかしぎも考えてみた。教育の現場では次々と計画が作られる。それはステップを少し上げながらの仮説による計画である。予想された結果になることもあるし、ならないこともある。どちらにしても大切な事は、お互いに感性を磨きながらよく観察することではないか。出来たから良い、出来なかったら悪いというようなものではないことは確かだ。経過をよく観察していくことが必要になる。

合唱コンクール

中学校時代は、学級対抗の合唱コンクールがあった。学級での分担の話し合いで、指揮はいつも僕の担当になった。僕の指揮は、中学校時代後半にはますます磨きがかかった。曲が決まると、その曲のテープを母に準備してもらい、それを聞きながら指揮棒をコツコツと鳴らして調子をとったりして、全身で指揮をして練習する。

小学校時代は、ブロックを人間に見立てて、「こんばんは」「こんばんは」と一人ひとりにていねいな挨拶をさせて、それから僕に注目させ、指揮に入っていた。

中学校時代は、母と一緒に歌声サークルに出かけていた。毎週金曜日が待ち遠しかった。合唱のメンバーになっているわけではなく、母に付いていくだけなのだが、中学校の時の担任の先生が指導者で、その先生の指揮をしっかり盗みとって帰る。

家でもカセットテープをかけて練習する。指揮棒を机の角でコツコツ打ち、時には声も出す。それは僕の楽しみではあるのだが、時間によっては妹や弟たちから「うるさい」と抗議を受ける羽目になる。

合唱コンクールの結果は、僕を取り巻くみんなの心意気で、ほとんどいつも学年代表になり、市の合唱コンクールに出場した。

―ふかしぎは、次のことを思っていた。

いつも生活を一緒にしているなかで、お互いを何となく知り、何かの催しのときに分担ができ、自分の出番を作れることがいいなあと。

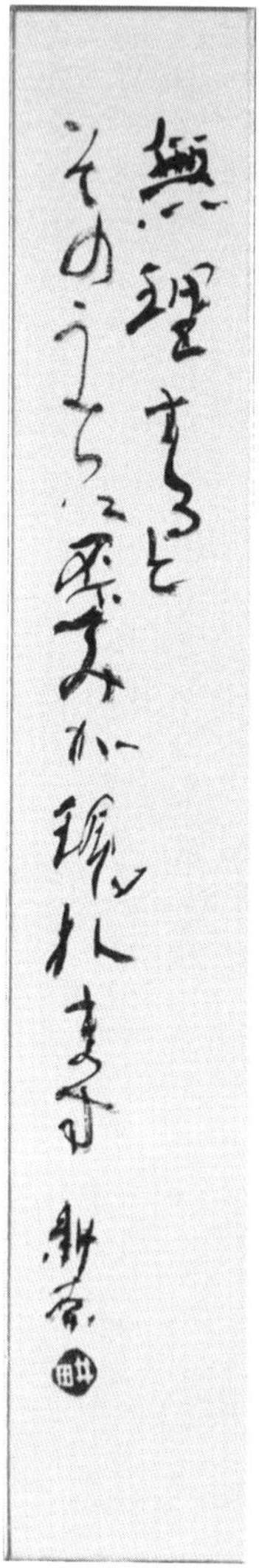

無理するとそのうちに歪みが現れます

耕ルール

僕を含めた数人で、軟らかいボールを使って人数の少ない野球をすることがある。人数次第で、二塁ベースをなくしたりなどの工夫をする。

僕がバッターのときは、ボールがバットに当たるまで打たせるルールだ。だから僕は、何回空振りしてもアウトになることはない。これはこれでけっこう大変だ。

また、バットに当たると、僕が一塁を駆け抜けるまではボールが飛んでこない。そうすると、打ったあとは必ず一塁まで走るしかない。しかもまだアウトになっていないので、二塁を目指して走ることまではしなくてはならない。これが「耕ルール」だ。

とても疲れるけれど、体力作りだと思って、みんなと精いっぱい遊ぶことにした。そしていつも、楽しい思いで家に帰ることができた。

―ふかしぎは思う。本人が気持ちを表現できないときは、その内容が本当に本人に合っているかどうかは、なかなかわかりにくいだろうなあ。でもみんなが工夫しながら楽しく遊べたら、それでいいのではないだろうか。

入場行進を先頭で

中学校二年生になり、幼稚園の時から数えて十一回目の運動会を迎えた。

両親は僕が幼稚園の頃から、運動会を楽しみにしている。僕は体力があまりないし、走らなければならないので、どちらかというと運動会は嫌いだ。徒競走では、みんなに大差をつけられて一人で最後を走らなければならない。

ところで今年の運動会の前に、担任の先生から両親へ「開会式の入場を先頭でさせてもいいですか」という問い合わせがあった。

両親は、登山の時のことを思い浮かべていた。山に登るときは、体力がない人や体調が思わしくない人を先頭集団にする、という話を聞いたことがあったからだ。

元気な者が先を歩けば、ハンディを持つ人は置いていかれることになってしまう。何らかのハンディを持つ人を先頭におけば、ハンディのある人への思いやりがみんなに届くことになる。おそらくこれは、人間がいつの間にか身に付けた、自然の大切な法則かもしれない。

それで両親は先生に、「いいですよ」と伝えた。運動会当日、それは絵に描いたように実施され、両親は感激してしまった。

―ふかしぎは、大切なことって案外と力を入れないところに、誰にでもわかる感覚で存在しているんだなあと思った。

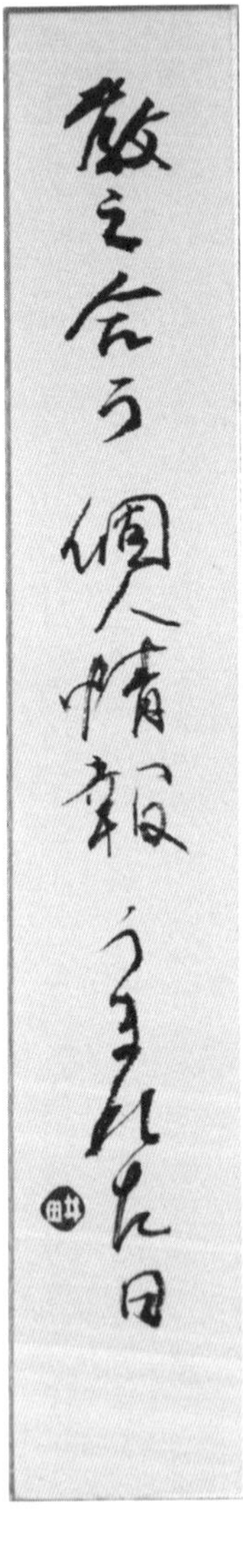
【川柳】教え合う個人情報うまれた日

ハンディ

運動会のクラス対抗リレーでは、僕にいくらかのハンディが与えられた。走る距離が同じで、かつ僕が第一走者だと最初から大きな差がつくからだ。そのことがクラスの他の子どもたちがやる気を出す元になればいいのだが、気の遠くなるような差ではそれも期待できなくなる。僕にハンディを与えて実施すれば、他のクラスとの差がほとんどなくなり、レースは俄然面白くなる。

世の中にはハンディがごく普通のこととして存在するのだそうだ。ゴルフ、麻雀、囲碁、ボウリングなど、そのときの参加者で決めたり、ルール化していたり。遊びの領域だけだと思うかもしれないが、僕はクラス対抗リレーも遊びと考えるといいかなと思う。そうすれば少なくとも僕も対等のような感じになり、みんなの元気を減らさずにすむ。

問題は、そのハンディの決め方ということになる。先生が「この子はこの辺から走らせよう」と考えて、当事者である子どもたちに「この子にこのくらいのハンディを与えていいか」と聞いて決めれば、お互いが納得したハンディになる。僕はおおよそ二分の一のハンディをもらい、僕の区間では差が付かない状況になった。僕のいるクラスはまとまりがよく、結果的には一位になる。ハンディを含めてチームワークの勝利である。

運動会が近づくと、家でも活動がある。クラス対抗リレーで僕が第一走者となると、妹や弟たちがバトンの渡し方の練習をする。家ではうまくいくことも実際の場面ではなかなかそうはいかない。ハンディの分、走る距離が少ないので、走り足りなくて次へのバトンの渡しを拒んだこともある。走るのは苦手なのに、どうしてそんなことをしたのだろう。また、僕がいつもより一生懸命に速く走り、結果的にハンディが多すぎるように思われたこともあった。

―ふかしぎは、ハンディが存在しての競技なのだから、当事者も見ている人も楽しめたらいいのではないかと思った。

何かを学んでいる

ある時、外国語の時間に、英語を話す人がやってきた。すると、お互いのあいさつを英語ですることになる。その人が、「英語であいさつができる人」とみんなに尋ねた。みんなと同じように僕も「は～い」と手を挙げた。しかし学級のみんなは、僕はただ手を挙げただろうと思った。もちろん、当てられたのは僕ではなかった。

そのことはもうすっかり忘れていたのだが、今度は外国語の時間に中国語を話す人がやってきた。前と同じように、その人が「中国語であいさつができる人」と尋ねた。僕はまたもや「は～い」と手を挙げた。今度は、手を挙げたのは僕一人だけだった。そうすると僕に当てないわけにはいかない。「耕君」と当てられた。

するると僕は、

「ニイ シェンティ ハオ マ」（お元気ですか）

「ヘンハオ シェシェ ニイナ」（元気です、ありがとう。君は？）

「イエヘンハオ シェシェ」（私も元気です、ありがとう）

とスピード感を持って応答した。

これにはみんな呆然としていた。みんなの先入観を裏切るかのごとく、見事に中国語の会話をやってのけたからだ。「耕、すごいな」「どこで勉強したんだ」「ただ手を挙げただけかと思ったのに」とみんなが口々に言った。僕は何となく嬉しかった。

学級のみんなは、見かけや先入観だけで物事を考えると、時に誤ってしまうことがあるかもしれないと感じていた。ひょっとして、英語でもあいさつができたんじゃないかと深く思っていた。

—ふかしぎは、「どうして答えることができたのだろう」と不思議に思っていた。時に本当に訳のわからないことが起きるなあ。

風呂に入りたがらない

僕は毎日の風呂が本当に楽しみだ。気分がよければ歌も歌う。長風呂になって、母から「まだ？」と催促がくる時もある。

ある日、学校でいつものように放課後、部活動を見学して過ごしていた。すると、よく遊んでいた子がふてくされた感じで部活動から帰ってきた。顧問の先生にひどく怒られたらしい。それだけならよかったのだが、僕を人目につかない所へ連れて行った。何のことかわからないので付いて行くと、竹で僕を叩き始めた。僕は「痛い、痛い」とは言うものの、大声で叫べば助かる見込みがあることなど知らないので、ただ耐えるしかなかった。前からであれば手でいくらかは防げるのだが、背中からだと、丸くなって「痛い、痛い」と言いながら終わるのを待つしかなかった。

それが終わったあとも、このことを先生や親に訴えることもできない。叩いた人はそのことがわかっているのだ。

家に帰ってからも背中がひりひりしていた。お風呂の時間がやってきて、母の「耕、風呂に入りなさい」という声がしたが、聞こえないふりをして、ほかのことをしていた。すると母は近づいてきて、「お風呂だよ」と言う。それでも僕が動かないので、母はすぐに上の服を脱がせた。背中いっぱいにみみず腫れができていた。母は僕に、「なんでここまでなるまで黙っていたの」「誰も助けてくれなかったの?」などと言いながら、涙を流して僕を抱きしめた。

こういうことがあっても、僕は誰かに向かって同じようなことをしようという考えも浮かばない。それどころか、そういうことがなかったかのように学校へ通った。

—ふかしぎは、ふと思った。

こういうことは知らない者の間で起こるというよりも、お互いの事情を知っている者の間で起こるのではないだろうか。残念だけど。

学校っておもしろい

「将来のことで相談があります」ということで僕の学校から呼ばれたときは、同業者である父が行くことになる。そういうときはだいたい、次のような感じだそうだ。

僕は地域の学校や社会の中では、何かと目立つ存在であるらしい。僕は周りにどんな印象を与えているのだろうか。もっと言えば、周りの人たちが僕をどういうふうにとらえているか、というのは興味のあるところである。

学校では、相談する内容に応じて、校長、教頭、担任、学年主任、関係者などが出席する。特に進路変更が絡むことになると、ほとんどの場合、校長、教頭が出席する。進行は教頭だ。

まずそれぞれの立場の人から、学校側が考えて「悪い行動」を話される。要するに、お宅のお子さんは地域の学校ではこのくらい危ない事をし、このくらいみんなの迷惑になっており、このくらい学校を乱しているんですよ、という説明である。聞き手もそう鈍感ではないのだから、学校側の言いたい事くらい、学校に出向く前から先刻承知なのを知らないのだ。

自転車置き場の屋根に上って危ないという話が出る。それなら、上がらないようにすればいいんじゃないですか。上がれるということは、一人だからじゃないですか。危険がわかっていて一人にしておいて、上がって危険だから責任が持てないはないでしょう。まず、危険を承知で一人にして、上がらせた責任はどうなるんですか。話されることを聞きながら、父はそんなふうにも考えてみる。

授業時間に席から離れると困る。

そう言われますけど、そういう中学校から送られた子どもたちは、高校でじっと座っているんですか。ましてや中学校、小学校ではどうなんですか。授業中、退屈であっても息抜きの仕方を知らない子どもにできることは、教室を出て行くことだけじゃないですか。自分の出番がない時間は退屈ですよ。そういう感覚は普通のことじゃないですか。と、父は心の中でぼやいてみる。

学校はあまりにも立派だから、ついついその普通の感覚を忘れてしまう。立派な考えだけが、その学校という枠内で通用する。

そういう立派な考え方は修学旅行にも反映され、学校は親の付き添いを求める。そうしないと、職員が承知しないのかもしれない。でも中に一人くらい、「それはおかしいんじゃないですか」と言う人はいないのかなとも思う。

どういう事情であれ、子どもの教育の場を引き受けているのに、修学旅行になれば親の引率を要求するというのは、考える方向が違う気がする。

先生方が育っていなかったのかなあと思う。僕は親が引率して、他の子どもたちは数名の先生が引率するということは、一人の子どもに関わる分の仕事をしていないことになる。僕に親の付き添いがあれば、他の子どもたちは今日はお母さんがいるからと、日常の子どもたち同士の関わりが、少なくとも修学旅行中はなくなってしまう。

さらに費用も二倍になる。いろいろ考えて、親の付き添いは出来かねますという返事をすれば、きっと学校側は「残念ですね……」の一言で、教育権を放棄するのだろう。

子どもは先生たちと生きるのではなく、周りの同世代の子どもたちと、お互いに学び合って生きていくのではないだろうか。だから、先生方が修学旅行に連れて行くの行かないのというのは余計なお世話で、子どもたちの事は子どもたちに聞くべきではないだろうか。

―ふかしぎは、次のようなことを考えていた。

学校では、閉じられた範囲の中で、子どもたちのことが話し合われていく。しかし現場の責任者である校長の権限が強くなればなるほど、その話し合いはほとんどなくなっていく。とにかく学校は、自由に発言できる場であってほしい。

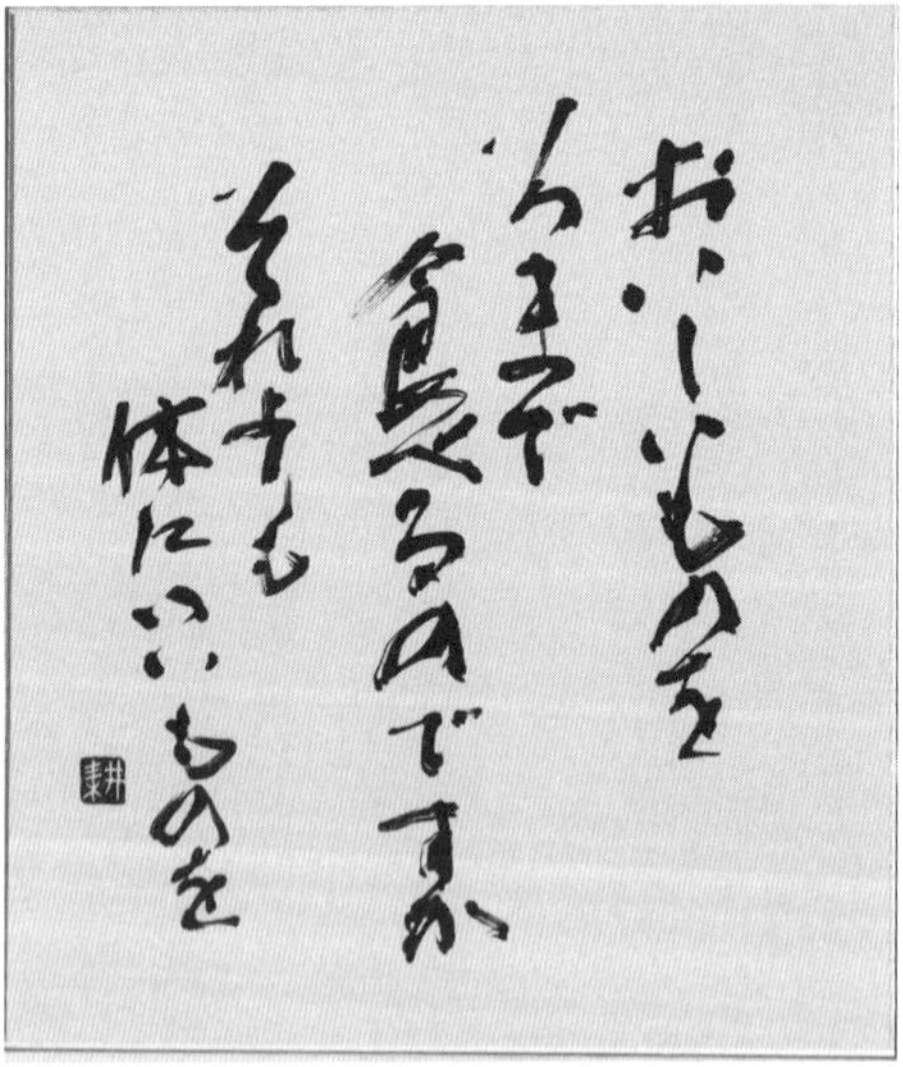

おいしいものをいつまでたべるのですか
それよりも体にいいものを

音楽はピアノの下

　中学校三年になって僕は、音楽室にいることが多くなった。音楽室は人が入れ替わるし、いろいろな音楽が聞けるし、楽しい。教室では、高校受験に向けてどんどん授業が進んでいく。三年間の復習や受験用の難しい問題もやる。そういう、余裕のない環境では僕の居場所はだんだんなくなっていく。いきおい受験にあまり関係なさような音楽室が居心地のいいことがわかってきたのだ。

　相変わらず体力がないので、ピアノの下で眠ることもある。なんと優雅な時間を持てたのだろうと思う。羨ましそうな視線を感じることもあるが、それは学力と引き替えに得たものといってもいい。とにかくいい時間であった。

　―ふかしぎは、そんないい時間をみんなが持てるというのは無理なんだろうかと思ってみる。

中学校卒業のあとを

中学校で最後の三学期を迎えた。卒業も間近だ。卒業後、四月からどんな暮らしが待っているのだろう。

中学校の後の選択は僕の場合、およそ三つが考えられる。

一つめは、高校進学。しかしこれは学力検査がある状況では無理である。

二つめは、どこかへの就職だ。中学校卒で就職を希望する人は少ない。しかも僕は、作業能力はほとんどないと思われる。そういう僕に、就職ができるのだろうか。

三つめは、施設に行くか、家にいるか、家を拠点として何らかの活動をするか、である。

そこで職業安定所から初めて、次の対応があった。

他の子どもたちが受験をしている頃、僕は職業訓練として電子部品組立工場での作業をすることになった。僕はともかく、親はなんだかわくわくしていた。僕に合った仕事になれば、次は長続きするだろうかという不安もあったのだが。

一日目、細かい作業については僕の見通しは暗かった。二日目、親が心配したとおり、機械に興味を持っていた僕は壁にあるスイッチをすべて確認しないではいられなくなった。電灯が消されたり、クーラーが止まったり。こういうことがあると親は、いつ断りの連絡が来るだろうかと不安になる。案の定三日目に、予期された結果がやってきた。

一つの仕事をするということは、根気のいることである。毎日毎日教え込むというような根気でなく、自分もやってみようという気持ちを引き出し、その気持ちをとらえるという根気である。紹介された仕事は小さい穴に針を通すような仕事で、結果的には無理が生じた。

そのうち、職業適性検査のようなものが実施されることになった。それまでに親は、僕の適性を見極めることができていなかったので、楽しみだった。専門家は、どんなものさしではかり、どんな方向を見つけ出すのだろうと。

しかし考えてみると、どんなにたくさんの過去のデータがあったとしても、耕のことは耕だけのことなので、見つけられるはずもないとも親は思った。結果的に適性検査では何も示されなかった。検査の正直さに、親はかえってホッとした。

僕は、高校ってどんなところかは知らないけれど、みんなが行くのであれば僕も一緒に行きたかったたな、と思わないではない。しかし結局、僕は、中学校で一緒に過ごしたみんなを見送ることになった。

僕は障がいはあったが、幼稚園からの十二年もの間、地域で過ごすことができた。少なくとも同世代の人たちの心に、しっかりと存在したのではないかと思っている。

中学校卒業は、確実に目の前に迫って来た。

―ふかしぎは次のようなことを考えている。この日本のどこかで、耕みたいな子どもが高校入学できているところがあれば。この現実の差って何だろうと。

卒業後に備えて畑

中学校卒業後を視野に入れて、以前から両親は、自然を相手にする作業はどうだろうかと考えていた。そこで、僕が中学校に入る頃から、家の周りに少しずつ畑を作っていた。もう少し広くなれば、農作業や収穫で仲間を作ることができる。そうすればみんなと付き合うことができる。さらには陶芸や簡易食堂みたいなものはどうかな、とも親は考えていた。僕は、いろいろ考えてもらうのはいいけど、ちょっと難儀だなと思っていた。

両親は次のように考えていた。

畑作りには、出来たら耕も参加すればいいのだが、それはなかなか難しいだろう。少なくとも畑の中には一緒にいることになるだろうが、たぶんその環境からも逃げるだろう。親や妹や弟たちがやっていることが楽しく見えたら、のこのこやって来ることを期待しよう。

僕は最初は、みんなは何をしているのだろうと思っていた。だんだん畑作りをしているということがわかってきた。妹や弟たちは連れて行かれたが、僕はそんな難儀なことはいやなので、家の中で折り紙をして過ごした。

母の実家が山を持っていて、その裾野の開墾にみんなで出かけることもあったが、僕はのらりくらりとすり抜けて、作業はしなかった。この頃の両親はまだ余裕を持っていたようで、「そのうちに気が向いて手伝いに来るだろう」と希望を持っていた。でも僕は難儀なことは嫌いだったから、そういう思いに応える気持ちなどなかった。家族みんなが作業をやっていても、僕は一人で涼しく過ごしていた。両親の見込み違いであった。

その僕も、いつまでも自分だけ知らん顔ばかりはしておられず、だんだん出て行かざるを得なくなってしまった。僕がもっと自分の意志みたいなものを頑固に持っていればよかったのだけれど、僕の頑固は理論的に作られるわけではない。感覚の積み重ねみたいな、訳のわからない頑固なのだ。

年を追うごとにだんだん、畑に出て行って耕したり、種を蒔いたり、収穫に出かけたりすることが多くなった。しかし暑いときには出ない。経験的に、暑いときに外に出るともっと暑くなることがわかっている。だから家の中で一人だけ扇風機にあたり、涼んでいる。そうすると、あのきっちり躾をする父が怒鳴り込んでくる。

「なんで自分だけ、そんなことができるんだ」

この一喝で僕は動かざるを得なくなる。手袋や帽子を準備して、畑に行く。畑の中のぼうぼうに伸びた大きな草を抜いて捨てたり、切った梅の枝を運んだりした。たぶん両親は、以前からするとよく出てきて働くようになったと満足だったかもしれない。

しかしそうして準備していた畑も、大雨によってなくなった。家の周りの畑はシラスの崖が崩れて埋まり、開墾していた場所も、途中の道に竹や木々が倒れて近づけなくなった。数カ月たってから行ってみると、全く元の林に戻っていた。結局、畑はなくなった。

畑がなくなったことは、僕にとってはちょっと嬉しい気もしたが、せっかく慣れてきていたのにと、残念な気持ちのほうが大きかった。

―ふかしぎは、環境に慣れさせるというようなことは、時間はかかるけれど、そのうちに本気になれることにつながるんだろうなと思えた。そこに自主性が育つのだろう。すぐに出来るようにしようとするのは、有無を言わせない強制ということになるかもしれない。

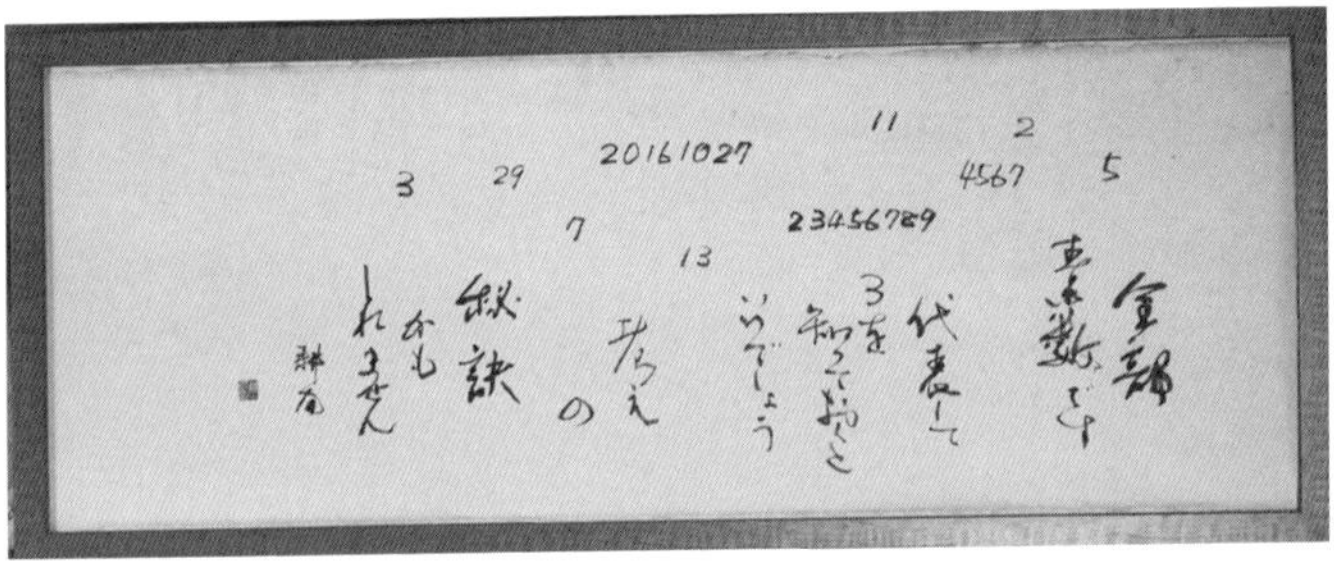

全部素数です
代表して３を知っておくといいでしょう
考えの秘訣かもしれません

第三章　学校卒業後

卒業後

中学校卒業後、僕は瞬く間に太ってきて、学校時代は運動量が多かったことを痛感することになった。家での多少の運動ではとてもカバーできない。

いったん埋まった畑ではあったが、両親は隙間を見つけてまた畑を作った。

僕はピーマン、オクラ、トマト、イモなどの収穫時期には、畑によく出て行く。どんなふうに実っているのかを見るのは、けっこう好きだった。収穫するときには、母に一つひとつよく聞かれる。「これは?」「ピーマン」、「これは?」「オクラ」という具合に。でも正確に答えられるようになるまでには繰り返しが必要で、ずいぶんと畑に通わなければならなかった。

僕が畑に行くようになると、父に「収穫に行くぞ」と声をかけられて、袋を持って出て行く。僕も少しは気を遣えるようになった。よくはわからないが、そうすることが何となくコミュニケーションにはなっている気がしていた。

この当時の日課は、室内掃除から始まった。妹や弟たちがいない日は、割と順調に進めていく。「お母さん、掃除」と言って、自分から促すことも多くなった。

かつての同級生との関係は日常的にはなかったけれども、街に出かけると、高校生が「元気か」と声をかけてくる。手を振る女子生徒もいる。たぶん彼らの中には、まだ僕の存在があると思う。

三家族で焼き肉をしたことがある。近くの公民館で偶然、近々おこなわれる神社祭での鎌踊りの練習があった。踊りの練習の休み時間にわざわざ「耕はいますか」と訪ねてきた七、八人の青年たちは、かつての同級生であった。僕はその青年たちの中に加わった。「元気か」「覚えている?」「かっこ悪い」「太ったが」などと言葉を交わした。小学校区は違ったので、中学校の三年間だけの付き合いの青年たちである。そこに居合わせた大人たちは、こういう青年たちが地域に育っていることを確認することにもなった。

僕は一週間に四回、母の生け花の助手をする。中学校卒業後、行き場がなくなったこともあり、母に付いて行く。そして知らず知らずのうちに、助手をするくらいまでになった。

僕はまず、人のすることを観察する。だから冠婚葬祭などもこなすことができた。

幼稚園の頃は、他の子どもたちの劇を一人で通して演じ、大人たちが驚いたこともあった。僕は他の人のすることをしっかり見ることによって、少しずつ少しずつ自分のものにしてきた。

母の師匠のところでも助手をしていたのだが、それだけでは飽きたらず、自分でも花の材料を一セット購入し、しっかりと生けてみた。一つの花を花器の中央に立て、自分の感覚で切る。時に母が「ここがいいんじゃない？」と言っても、自分の思ったところで切る。そしてそれをスケッチしてから、花を新聞紙にまとめて持ち帰る。

家でその新聞紙を広げ、もう一度生けてみる。そして完成したものを、自分の気に入った所に置く。僕はみんなが捨てる花までも生け花の材料にした。瓶に挿して足元などに置いているときもあり、妹や弟たちが気づかず、問題が生じてしまうこともあった。

体を動かすことは、どんどん苦手になった。ただ、週一回はテニスに出かける。これも母に付いて行くのだが、ボール拾いに精出したり、思いっきり打ったり、楽しい時間となった。誕生日のプレゼントにテニスのラケットをもらって、大喜びした。

──ふかしぎは、体力維持が気になった。環境が変わると、それまでのエネルギーの使い方とはずいぶんと違うということを実感する。しかし周りとの関係が少しずつ出来ていっていることも感じていた。

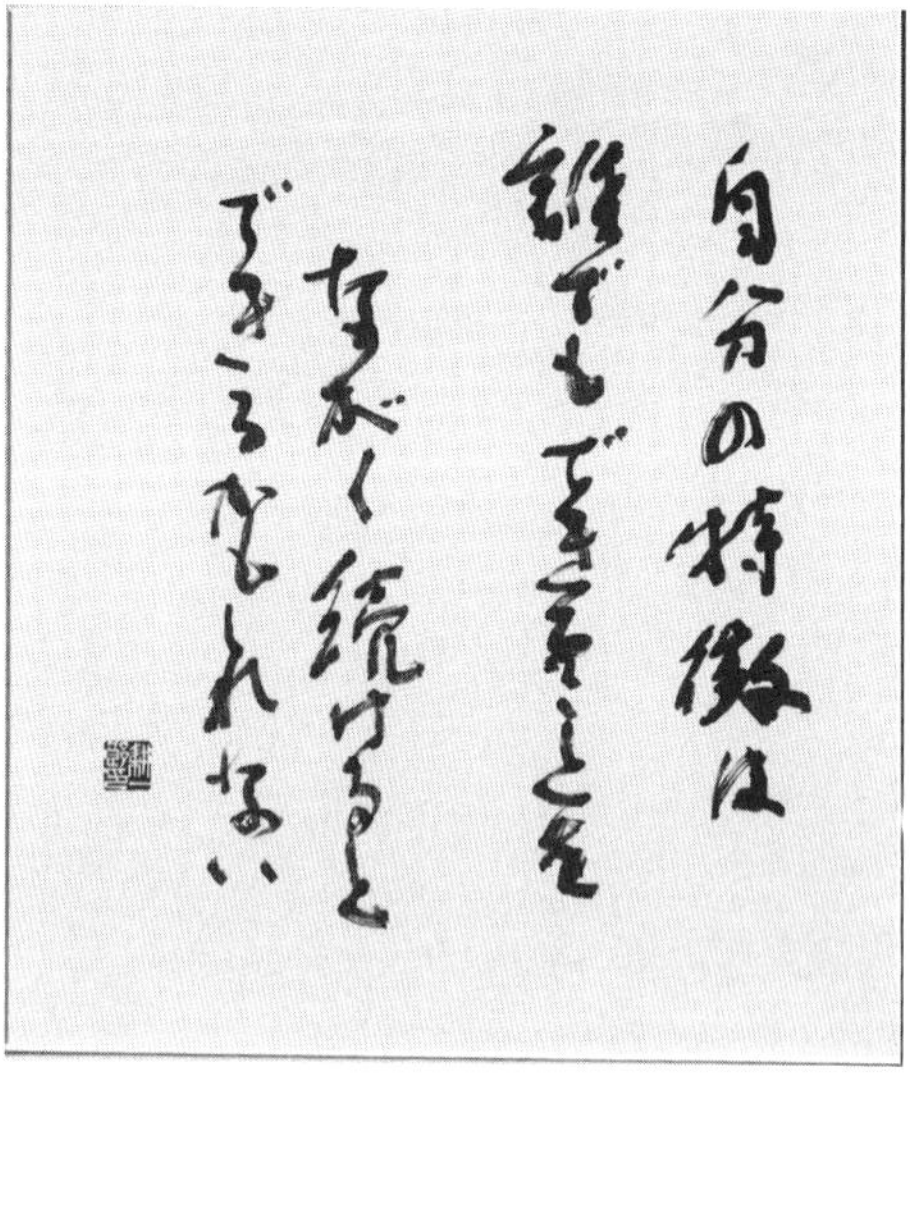

自分の特徴は誰でもできることを
ながく続けるとできるかもしれない

合唱

母に連れられて、合唱サークルによく出かけた。次第に合唱のメンバーのおばさんたちとの付き合いも多くなった。

僕の歌について母は、ずっと経過を見てきているので、ずいぶんとうまくなったとか、「ふるさと」が歌えるようになったとかよく言っていた。

しかし、歌って聞かせなさいと母に言われて僕が歌うと、父は「ふ〜ん」と言うだけで評価はいまいちだった。僕の声はうなり声のようで、何を言っているか慣れないとわからないし、父は本当は、「へたくそ！」と言いたかったのだと思う。そこで「おお、すごく上手だ」と言えば、嘘にはなるかもしれないが僕にはずいぶんと励みになったのに、と思う。正直すぎる父が相手だと、僕はあまりエネルギーが湧いてこない。

それに比べると母は、ちゃんとサークルにも連れて行くし、評価もしっかりしてくれるし、僕の味方はやっぱり母だといつも思っている。

—ふかしぎは父に「どうしてお世辞でもいいからほめないの」と聞いてみた。

父はお世辞が大嫌いで、それまでにそういうことを言った記憶がない。だいたい、お世辞を言われてその気になるなんて単純すぎると思っていた。また自分にもお世辞なんか言って近寄ってくる人と、打ち解けることはなかった。

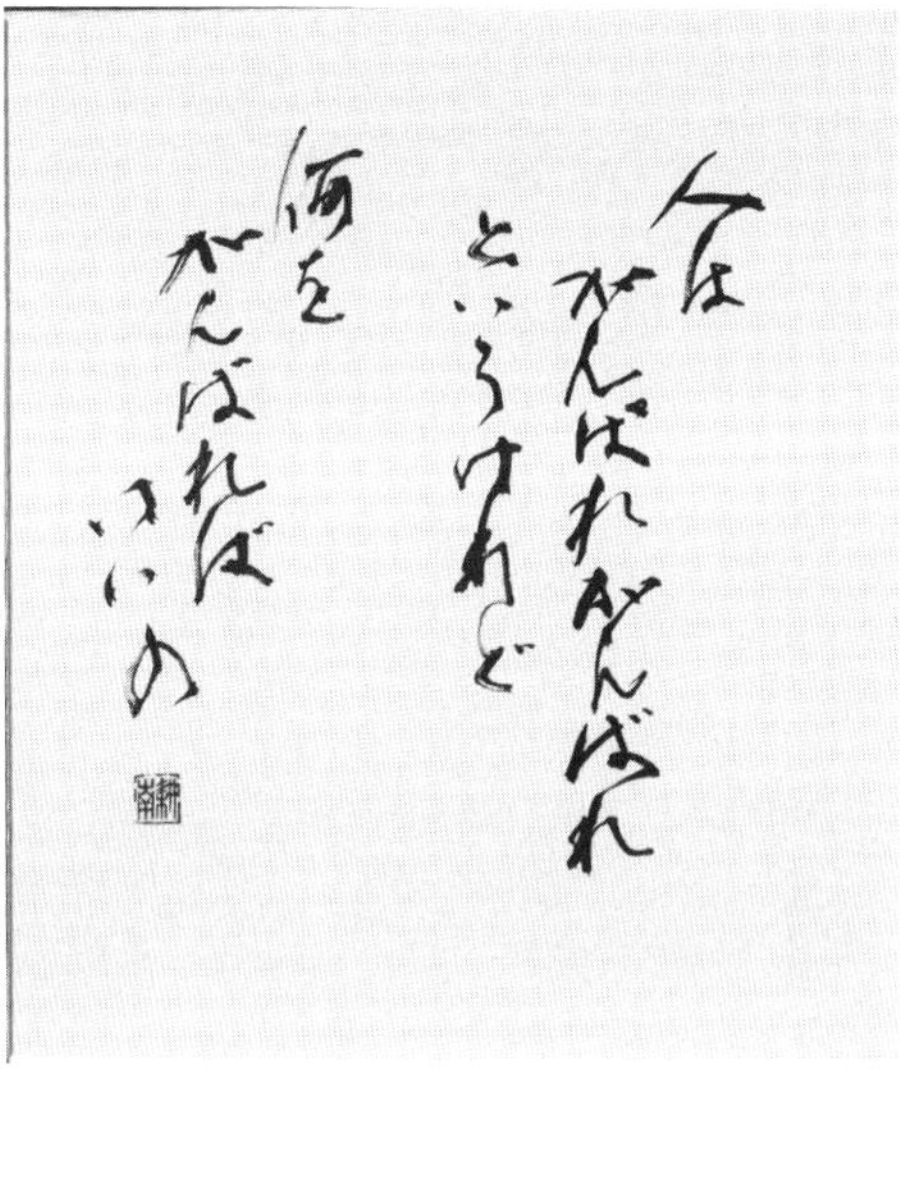

人はがんばれがんばれというけれど
何をがんばればいいの

五％になれない

僕たちは小さい頃から、いろんな場面で競争させられている。幸い僕は早い段階で、その戦いの最前線から外れた。

競争を繰り返して、順位がつけられ、また競争をする。中にはその競争に勝つために、特別な場所で特別なプログラムをこなす人もいる。そして集団から一歩二歩、先に出る。そうやって勝利を得ることができるのは、全体の五％ほどの人だけだ。

周りから離れ、そういう競争をいくら繰り返しても、多くの人は五％には入れない。その自覚が早めにできればいいのだが、ずっと夢だけを追わされてしまうと、まさに人生が夢で終わるかもしれない。

それなら、もっと周りと過ごすことを考えていいのではないだろうか。自分の周りの人のことを考えに入れた競争や夢であれば、いい世の中になるかもしれない。今は多くの人が、少数の五％になれるかもしれないという夢だけを見せられ、本当に五％になれた人は、そのことが周りとは離れた自分の名誉だけになっていないだろうか。

何かをするときには、そこに周りの人の思いが存在すればいいのにと僕は思う。

―ふかしぎも、なぜ世の中には競争が必要なんだろうかと時々考えることがある。競争がなければ人は次へは向かわないからだというような考え方があるが、それは何かをしたいという目標への深い思いがないからではないかな、と考えたりもする。

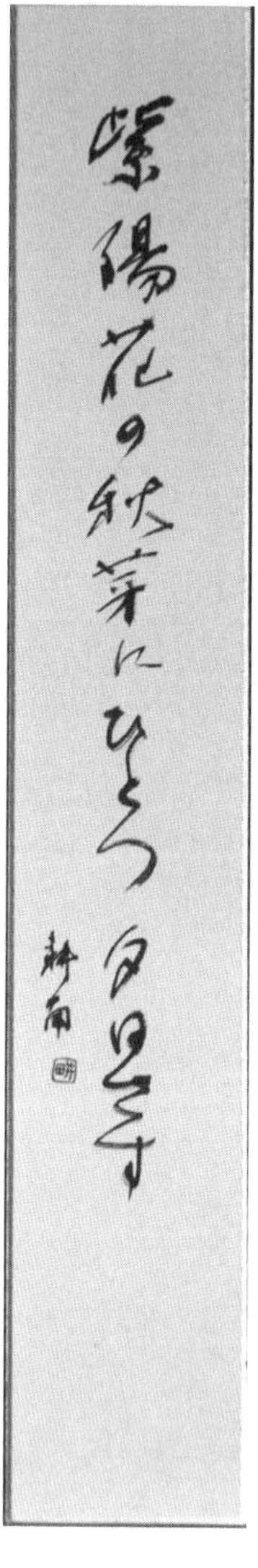

【俳句】紫陽花の秋芽にひとつ夕日さす

価値

僕はよく人を観察するのだが、人は他と違うものに価値を認めるようだ。虎も蛇も、白いと珍しがり、見ると幸福になれるとまで言ったりしている。

ところが人間についてはどうだろう。ざっくり言うと、学力の高いものに価値を認めたがる。もっと幅広く、違うものに価値を認めてはどうだろうか。人それぞれに、せめて一つの価値を見つけるようにするといいと思う。

例えば何か製品を作るとき、障がいのない人が三十分で作るものが、僕は一時間かかる。しかし製品一個にかける思いは、障がいのない人の二倍ある。そうすると僕と障がいのない人の製品は同じ価値があると見てもいいのでは。

―ふかしぎも、そんなことを考えてみた。要するに見えないところを感じる感性が、人間には必要だということかな。

成人式

中学校を卒業して数年すると、成人式がある。両親には、僕が成人式にどんなふうに参加するのか、そして成人式の後の同窓会に呼ばれるのかなど、期待と不安があった。

成人式の日、同級生が誘いにやってきた。母はその子に丁寧に、「耕をよろしくお願いします」と言った。その子は、「わかりました。でも僕だけじゃないから」と言った。同級生の中に、まだ僕の存在があったのだ。

僕は成人式に続いて同窓会に行き、さらに二次会にも参加し、夜遅く帰ってきた。だいぶみんなと交流し、母に持たされたお金は、いつもの調子良さで全部使った。

―両親が心配していた以上に、子どもたちの間には存在していたんだなあとふかしぎは思った。

きっかけ

母に連れられ、僕は陶芸も生け花もやっていた。

ある日、歌声サークルのメンバーの方がギャラリーの管理をすることになったとのことで、「ギャラリーの入り口にスペースがあるから、陶芸を飾らないね」と話があった。

せっかくの話なので、僕の陶芸を出してみようということになった。陶芸の横に生け花も飾り、誰が生けた花かわかるように、僕が花を生ける場面を写真に撮って壁に掛けておいたらという父の提案で、そうすることになった。実はこのことが、次の段階へのきっかけを作ることになった。

陶芸はカップが多かったが、どう発想したのか覚えていないが、とにかく取っ手がいくつもあるものだった。手が何本もある仏像があるが、まさにああいう感じだ。

実際に以前そのカップを使ったことのある方が、持ちやすいと言ってまた買って行かれることもあった。僕の作った一見変な陶芸作品に、何らかの価値を見つけ、買ってくださる方が世の中にはいる。

僕は、価値というのは、その人の持っている感性によって決まるものなのかなと思うことがしばしばある。

―ふかしぎは、芸術のことを思い出していた。一般的には訳のわからないものでありながら、その中にいろんな価値が存在している。その関係の権威のある人の評価になると、そんなふうにも受け取れる。そういう専門家の評価がなくても、自分なりに部分的にでも何かを受け取って帰ることもできる。芸術って楽しい。

園児と遊んで

僕はギャラリーに陶芸を出し、生け花をし、その写真を掲げていた。時々会場の様子を見に、僕は母と出かけていた。すると、そのコーナーを見ていた方から、「やっと本人に会えた。うちの園児たちと遊んでいただけませんか」という申し出があった。その夜、父はその話を聞いて、「行ってみたら」と言う。僕も子どもが好きなのでその気になり、早速、母と保育園に出かけてみた。しかし園児たちは元気がよくて、相手をするのは本当に大変だった。慣れるまでに僕は、ほとほと疲れてしまった。

数日すると僕は、先生たちの机が気になって、「机、きたない」と言って、一人分ずつ丁寧に掃除をし始めた。先生たちもその掃除ぶりにはびっくりしていたが、家では、家じゅうをきれいにするのが僕の日課みたいなものだった。

僕の保育園での掃除の話を母から聞いた父は、「掃除が仕事になればいいのに」と言った。そしてまさに父の予想通り、数日後に非常勤職員の手続きを母とともにすることになった。

僕が母に連れられてやっていた陶芸、生け花、歌声サークルなど、そのすべてがつながって、自分の将来の道筋を作ったことになった。

—ふかしぎは、かつて父が「子どもの将来は子ども自身が考えるものじゃないですか」と言っていたことを思い出していた。まさに、こういうことだったんだと。

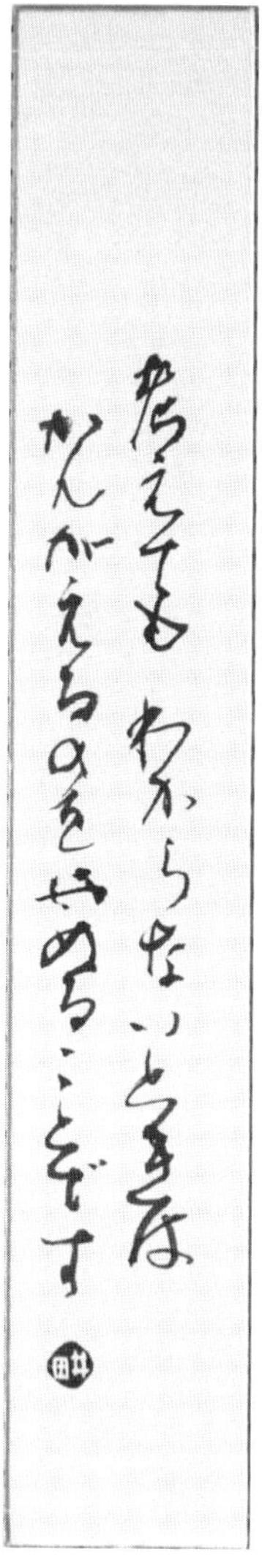

考えてもわからないときはかんがえるのをやめることです

忘れ物

父は離島で、五年間の単身赴任をした。ある時、父が島に帰る日、大雨が降っていたからか、車を港の駐車場に入れるのに時間がかかっている。父は船の出港の時間が迫っていたので、先に車から降りて船に乗り込んだ。

するとしばらくして船内放送がかかり、父の名が呼ばれた。子どもが忘れ物を届けに来たとのこと。係の人から忘れ物を受け取った父は、僕が船の人に、何をどう伝えたのだろうかと不思議に思った。

父が思うに、僕は人とまともに会話することはできないし、ましてや慣れた人でないと、僕の言う単語一つも聞き取りにくいはずなのにと。

—ふかしぎも、不思議に思っている。しかし船の関係者の方の質問に、一つひとつ丁寧にゆっくり答えることで、相手にその意が伝わったのではないだろうか。すべてを一人で話したとは考えにくいが、この時だけは、すべてをちゃんと自分で説明できたということがあってもいいかもしれない。

畑

いつの間にか、畑も本格的に復活した。母の実家の近くにあり、とにかく広い畑だ。週末は、天気さえよければ畑に行く。以前の畑と条件的には同じで、外は暑いし、きついし、汗をかくし、とにかく僕は畑仕事が嫌いだった。それでも両親はせっせと外に出て、農作業をやっていた。僕は相変わらずぐずぐずし、のんきに自分の部屋で涼んでいる。

しかしそんなことが何回も続くと、父が家に上がってきて、怒鳴る。「なんでおまえだけが、そこで涼んでいるんだ」と。

そう言われても何も言い返せない僕だが、怒鳴られるということは、良くない状況になっているのだということぐらいは察知できた。それで遅ればせながら、作業の服装に着替え、帽子と手袋を持ち、雨靴を履いて、すごすごと出て行く。

畑に行くと、草取りをする。母は優しいので、日陰になっている場所を選んでくれる。そのうち、自分でそういう場所を選んでも父に怒られることはなくなった。たぶん、出てくるだけでもいいかと思われているようだ。

数年すると、母が畑に出ると僕も自ら着替えて畑に出るようになった。家の中にいると父がいつ怒鳴り込んでくるかわからないからということもある。

野菜などを植える時期には、畝を作ったり、肥料を入れたり、種を蒔いたりなど、一通りのことができるようになってきた。

こんな調子で母に守られているので、母のそばにいると安心である。こういうことで、「母と僕、プラス父」という型が、きわめてはっきりしてきた。

—ふかしぎは、「母子と父」みたいな型は、どの家庭でもそうなんだろうかと思う。

母と父

妹や弟たちは、高校を卒業するとそれぞれ家を離れていき、僕と母と父だけの生活になった。僕は週の半分は、母と一緒に仕事に出かけて僕の育った家に泊まる。だから週の半分が、父も含めた三人暮らしだった。

父は五十歳頃から単身赴任を経験したこともあり、完全に一人で生活することができる。むしろ僕たちが出かける前日は、明日から一人暮らしができるぞと張り切っている。それほどまでに自立してしまった。

週半分の三人暮らしのとき、ときどき父が不愉快そうな表情をすることがある。しかし僕も母もそれに気づかないことが多い。

食事時、僕が自分ですべきところでも、母はすぐ手伝ってくれる。鍋物など終盤になって取りにくくなると、すかさず母は鍋を傾けて取りやすくしてくれる。こんなとき父は、「自分で工夫するチャンスをつぶした」「本人が伸びるチャンスをまたつぶした」などと思っているようだ。以前はそれを口に出したこともあるが、しかし母と僕は母子連合みたいになっているので、不愉快な表情をするだけで何も言わなくなった。言ったところで変わらないのだからと、もう言わないことにしたのだと思う。

母と父が話をしているときもそうだ。父は週半分しか一緒にいられないから母と話がしたいようだ。しかし父が話をしている最中も母は僕のほうに注意を向けていて、僕が動くと気になるらしく、父の返答に上の空になったり、急に立ち上がって僕のところに来たりする。可哀想に父は、「あーあ、勉強でもするか」と言いながらその場を去る。

母と父がゆっくりしていると、僕もそこに行って椅子に座る。父が、ここまで来るのかと言わんばかりに不快感を示して、その場を去る。

―つまり母は、妻ではなく、常に母親でいるようだと、ふかしぎは思った。

話すこと

周りに僕の理解者が多くなるにつれ、僕はあまり自分でことばを使わなくても済むようになった。

僕から何かを喋りかけられたとき、付き合いが多くて僕の発音に慣れた人でも、内容を正確にとらえるのは難しい。そこで、こういうことを言いたかったのではないかなと思うことを、僕に聞き返す。それを聞いた僕は、その場の雰囲気に合わせて、首を縦に振る。そうすると、何となくお互いにことばが通じた気持ちになる。

ただ父は、この状況をいいとは思っておらず、父の聞いたことに僕が首を縦に振ると、必ず逆の質問をする。それなのに僕は、またもや首を縦に振る。結局、父が思ったとおり内容があやふやであるということがわかってしまう。

父は、伝えたいことは基本的に自分で何とか表現するべきだと思っているのだが、僕がそういうことは嫌うことをわかっているので、強くは言わない。

でも僕は、周りの人の言うことに合わせて首を縦に振っていれば、以前みたいに一生懸命にことばを話さなくても生活できることを学んでしまった。

そういうふうに、耳でしっかり聞こうとしなくなると、聴力はどんどん落ちてしまうものらしい。それに加えて、老化によって聴力が衰えてきた。遠くから話しかけられても、わからないことが多くなった。

―使わない機能は衰えていくことを考えると、ふかしぎも悩んでしまう。

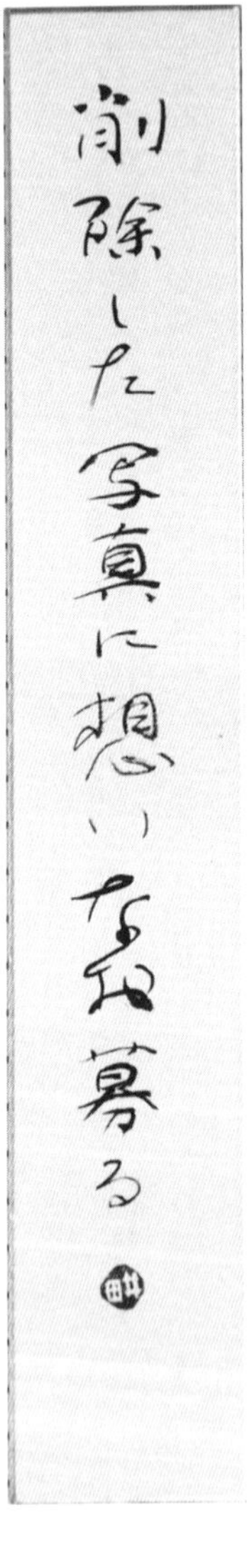

【川柳】削除した写真に想いなお募る

親の会の意義

長年、親の会に参加してきた僕は思う。よその家は、参加するのは主に本人と母だけなのに、どうして僕の家は、母も父も参加しているのだろうと。

情報があまりない頃は、親の会も熱心な集まりだったけれど、いつの間にか人数が減り、今は十家族くらいだ。親の会は、世話係は出席が義務づけられるが、他の人は何らかの理由をつけて休める。無断で休む人もいる。これではお互いのための会とはいえないなと感じる。

この会の親はみんな、ダウン症の子どもを育てた。何の知識も経験もなかったのに育てることができた。世話係を務めることぐらい、僕たちダウン症者を育てることに比べると何ということはないのにと、父はよく言っている。

—ふかしぎも気になる。世話係を代わろうという人がいないことを。でも、どこかの時点で交代できると父は思っているので、必ずやその機会は訪れると思う。

共育を考える会

ダウン症やいろいろな障がいを持った子どもたちの親の情報交換や学校選択などについて、保護者や学校の先生たちが集まって学習を重ねていく会に父も参加していた。お互いの要求が重なり、自然発生的にできあがった会だ。

親の会もそうだがこの会も、後に続く人たちがいないようだ。考えることが面倒くさいのかな、それともわざわざ会に出るのが面倒なのかなと思う。これからの人たちは何をどうしていこうとしているのか、ちょっと心配になる。

—ふかしぎも心配なのだが、長い歴史では、物事は前進し、そのあと後退し、また多くの努力や時には犠牲があって前進し、というような繰り返しである。でもせっかく人間の理性によって前進したのに、その理性の部分で再び後退しなければならないのだろうか。

今頃になって

父は結婚して最初に、母に次のような話をしたそうだ。「もし子どもと私のどちらか一人しか助けられないときは、子どもを助けてほしい」と。母と父はもともとは他人同士だ。しかし、生まれてくる子どもとは親子だ。だから子どもを優先してほしいと。

―ふかしぎは父に、「どうして結婚した最初の段階で、そういう厳しい内容のことを言ったのですか」と聞いた。

最初だからこそ、自分の立場を話しておきたかった。そうすることは一見、悲しく厳しい内容にも見えるのだが、現実としてこれからをどう生きていくかという考えを、はっきり示しておくべきだと思った。少なくとも、母が迷うことのないようにしておきたかった。母と子の絆は、父と子の絆以上のものであるという気持ちも、話しておきたかった。

僕は今頃になって、たぶん父には、漠然とした予感があったのかもしれないと思えてきた。父の言葉どおり、母は僕が誕生したときに、迷わず僕を選択した。その時から父は、少しずつ自立していかなければならなくなった。

父はほとんどの時間、自分の書斎にいることが多かった。常に自分の課題として自立に向き合うためだったのだろうか。父が一人の時間で得たものは多い気もする。父は家族や周りとの距離感を保ちながら過ごしてきたのだろうか。それによって母と僕は、父との距離が遠くなったと思う。

―ふかしぎは父に、もう一つ気になったことを聞いた。それは逆のパターン、つまり、もし子どもと母親、どちらか一人しか助けられないとき父はどうするのかということ。

父はにっこりしただけで、答えなかった。よく考えたらわかるでしょうと言いたかったのか、たぶん考えてもわからないよと言いたかったのか。

ピンチ

最近、僕は父から「おまえは俺がピンチのとき、俺を見殺しにするだろう」とよく言われる。要するに、父がピンチに陥っているときでも、ピンチであることを理解しないだろうし、たとえ助けるための手立てを伝えられてもそれを理解できないから、父を助ける行動はとれない。つまり結果的に、父を見殺しにしてしまうということを言っている。

それで父は僕に、「もしおまえと二人だけ残されても、おまえとは暮らさない」と言う。母に守られて安心して生きてきた僕は、そうなれば大変だ。今までの生活では母の言うことが絶対で、父の言うことはほとんど聞く姿勢も持たなかったので、父がそう言うのも当然かもしれない。母には、僕より長く生きてもらうしかない。

—ふかしぎは父に、「本意は何ですか」と聞いた。

私を見殺し状態にしてしまったとき、耕は世間から、あらぬことをいっぱい言われるだろう。そうなることを避けたい。親が死ぬかもしれないというときに、助ける手立てを何も取ることができなくて、折り紙なんかやってたんだって、などと世間の人に言われたくない。

ダウン症の発症率は一〇〇〇分の一だそうだ。いわば、千人のうち耕一人がダウン症を引き受けたことによって、残りの九九九人が助かったということになる。せっかく九九九人分のダウン症になる可能性を引き受けて、やっと長く生きてきた耕が、親が死ぬときに近くにいたばかりに、周りからそしりを受けるようなことは避けたいのだ。

もう一つのピンチ

僕は家でも旅行でも、父から話しかけられると、ふくれっ面をよくする。どうしてもそうなってしまう。

父は最近ついに、「もうおまえとは話さない」と言い、本当に話をしなくなった。僕は朝ご飯のとき、母と父が揃ってから、のこのこ出て来ることが多い。父にはこれも、不愉快なことらしい。僕は食事の時だけはまあまあはっきり声を出して、「おはようございます。いただきます」と言う。父は、食べる時だけしっかり言うと、これにも不機嫌だ。

そういえば、僕は仕事に行くときは僕の育った家に数日泊まるのだが、以前は行くときは「お父さん、ありがとうございました」と言い、帰ってきたら「ただいま」と言っていたのだが、いつの間にかそれも言わなくなった。父はこの変化にも気づいている。

僕は父に話しかけ辛くなり、父も僕に話してこなくなった。父は自分では根性なんかないと言っているけれど、会話のない状態を日常生活でずっと自然に続けていける父は、根性以上のものを持っているかもしれない。

実際、僕が話しかけても父には内容はよく伝わらないだけれど、僕が働いた報告をしても、父からは、よくて「うん」ぐらいしか返事がこなくなった。たぶんずっと、このままかもしれない。

―ふかしぎは、次のように思っている。おそらく母親が、以前の状態、つまり仕事に行くときに言っていたこと、帰ってきたときに言っていたことを耕にしっかり言うようにしていくのではないかということを。

しかし、今はそういう状況でも、父が生涯を閉じる頃に、「自分の人生は無惨（父は六月三日生まれ）なものにならずにすんだ。ありがとう（耕は三月九日生まれ）」と言ってもらえたら最高かもしれないなと密かに思っていた。

第二部　不可思議

——僕から遠い所——

個人の範囲

私がいちばん大事にしたいことは、個人の範囲、つまり基本的人権である。家にはがきや封書がきたとき、はがきは誰が見てもいい。しかし封書は、表に書かれた宛名の人のものだ。

これは基本的なことであるが、家の中でもお互いに、自分のものと他人のものは区別しようと話し合う。たとえ家族であっても、あなたのものは私のものではなく、私のものはあなたのものではない。だから送り主が誰であろうと、それを「誰だ」と問う必要はない。つまり自分のものでないものには興味を示さないということが大切だ。人はそれぞれ一人で生きていて、いわば契約で一緒にいるようなものなのだから、生き方まで人に制限を受けることはない。

携帯などでも、「誰からのメールか」「誰の電話か」「どんな人か」などと問うことは、人の範囲に踏み込むことだ。それに対しては、「いやだ」と意思表示することが大切になる。

要するに、自分の範囲を大切にするということは、それ以上に相手の範囲を大切にするということである。管理や束縛はどんどん広がっていくことも知っておくことが、基本的人権を奪われないことにつながる。

—不可思議は、次のようなことを考えていた。

大きな範囲でいう基本的人権も、個人という小さな範囲で実行されなければ中身が理解されていかないと。

遠ざかる

中学生の頃、私は部活動に精出していた。しかし中学校を卒業するとき、部活の顧問から「大学進学を目指すのなら、高校では部活動はしないでほしい」と言われた。その方は、本当は大学に進学したかったのだけれども、時間があれば練習練習、そして大会と部活ばかりで、ついに大学進学はかなわなかったと言われた。そこで私はきっぱりと、「しません」と宣言した。

就職してから、職場でチームを作り、ソフトボールやバレー、バドミントンなどの試合に出ることがあった。

若いとき、バドミントンのシングルスに出た。途中、大差をつけて楽勝の感じだったのだが、相手が必死に向かってくるのを見て、「ああ、この人は勝ちたいんだな」と思ってしまった。それからはどういうわけか点が取れなくなって、負けてしまった。周りの先輩方に「どうしたんだ」と口々に言われてしまったが、負けたら悔しいと思うほどの練習をしていなかったのだ。

勝つためには、相手に情を寄せてはだめだ。むしろ感情を捨てないといけない。そういうことができなければ、勝ち進むなんてできないのではないか。

例えば書の作品展に出品し、もし私ともう一人の特別賞候補から一人を選ぶとなったとき、私の先生が「田中は先があるから」と、もう一人を選んだとしたら、私は何となくすっきりして嬉しい。多分にそういう心意気が、私にはあるのかもしれない。もちろん実際は、特別賞候補など程遠いのだけれど。

職業として数学か書道かを選択するときに、書道の先生は「書は趣味でやりなさい」と言われた。その時はよく理解できなかったが、今になってみれば、私は見抜かれていたのだと思えてきた。数学は戦わなくてもよいが、書道はある意味、戦いの連続だからだ。私は結局、職業も趣味も、競争や戦いから離れたところで楽しみながらやっていくことになった。誰でも書けそうな書を書いて、誰でも知っている数学の内容をやっている。

一方、戦いのないところでは自分の位置が確認できない。仕方のないことだが、不安材料になる。でもそこは甘んじて受けるしかなく、自分の責任で歩みを進めるしかない。

私は取り立てて才能があるわけでもないので、誰でもできることで、何かをするしかない。何かをしようと思ったときは、その思いを持ち続けて、めげそうになっても思いを忘れずに少しずつやっていくしかないのだ。その結果として、周りの方々がゆったりした気持ちになったり、何となくほのぼのした感じになったり、楽しんでいただければ、それで十分だ。「焦らず、ゆっくり、根気よく」という感じかな。

実はダウン症と出会う前に、私はこんな感じになっていた。

―不可思議は、次のように整理してみた。

戦いに勝ち進めば、それなりに自分の位置が確認できる。戦わなければ、不安だけど自分の責任で進める。その選択は、感情の有無のこともあり、やはり個人の意思決定によるかなと。

こだわることの予兆

高校ではやらなかった部活動だが、大学最後の年、卒業のめどを付けてから書道部に入部した。授業も、最後の二年は書道がほとんどであった。

活動は、夕飯を食べてからだった。練習室は、みんなが使い残した墨が入っているお椀が、あちこちに散乱していた。練習室に行くとまず、それを一つにまとめ、残りのお椀をきれいに洗って伏せておいた。とにかく部屋をきれいにしてから、気持ちよく練習に取りかかった。

数カ月もすると、みんなが練習室のこの変化に気づいてか、だんだんときれいな状態が保てるようになった。

—不可思議は、目の前の状況を考えて行動することが、後になって考えや自分の人生、生き方まで点検していくことにつながっているんだなあと思った。

生きていくこと

生きていくことは、それまでの価値観を問い直す作業を、ずっと続けていくことである。例えば、強さを求めないこと。強さと弱さとでは、むしろ弱さが基本ではないだろうか。明るさと暗さでは、明るさばかりが求められる。明るいと確かに元気にさせられるが、むしろ暗いときの活動は本人の意志がないとできないことを思うと、暗さが基本であると考えられないだろうか。

世の中では一方の側のみが強調され、求められすぎているように思う。物事には両面がある。生きていくうえで、むしろ現在要求されていない側のほうが基本であると考えることが大切であり、意味のあることに思えてくる。

—不可思議は、問い直しの作業はどこでどうするのだろうと思った。たぶん、本人の中にもう一人の自分がいて、いつも対話しているのだろうと思う。

気持ちは少数から

職場での会議で、何かの提案がされたとする。賛成が多数で、自分もその提案に同意するのであれば、わざわざ自分が考えなくても大勢の人に任せることができる。しかし少数の反対意見に同意する場合はそうはいかない。

提案の内容を一つひとつ吟味していくことになる。一見つらい作業にはなるが、よく考えられた意見は時に気づかされることも多く、だんだんと視界が開けてくる。会議で意見も言えるようになる。そんな地道な作業はなかなか他人には見えにくいが、共感する人が現れると少しだけ未来に希望を感じる。自分の人生をより良くするためにも、私は常に少数意見の立場をとることとする。

—なるほど、と不可思議は思う。自分の位置をどこにするかで、その後の自分が描けることになる。

〜のために

あなたのために、とはどういうことなのかを考えてみる。

「あなたのために」と言って手立てをしているのに、当の本人はいやがっているのが見えないことがある。いやがること自体が、おかしいのかもしれない。しかし仮にそれが間違いであるとしても、本人がいやがっているというのは事実である。

そんな時に、それでもなお「あなたのために」と言う「私」は何だろう。確かに「あなたのために」とは言っているけれども、本当にその人のためにやっているのか、だんだん疑わしく思われてきて、本当は自分のためにやっているだけではないだろうかと思うようになった。

それにこの「〜のために」は、人を分けることにつながる。「区別」が「差別」の入り口にもなるので、やはり要注意である。

―不可思議も、「〜のために」は注意してみると、何か違うかなということを感じていた。やはり、「自分のために」というのが裏に見え隠れしているんだなと。そして、

「あなたのために」というのは案外、余計なお世話かもしれないなと思う。出来なかったときに次の手立てが取られて、さらに由々しき事態を招く可能性がありそうだ。

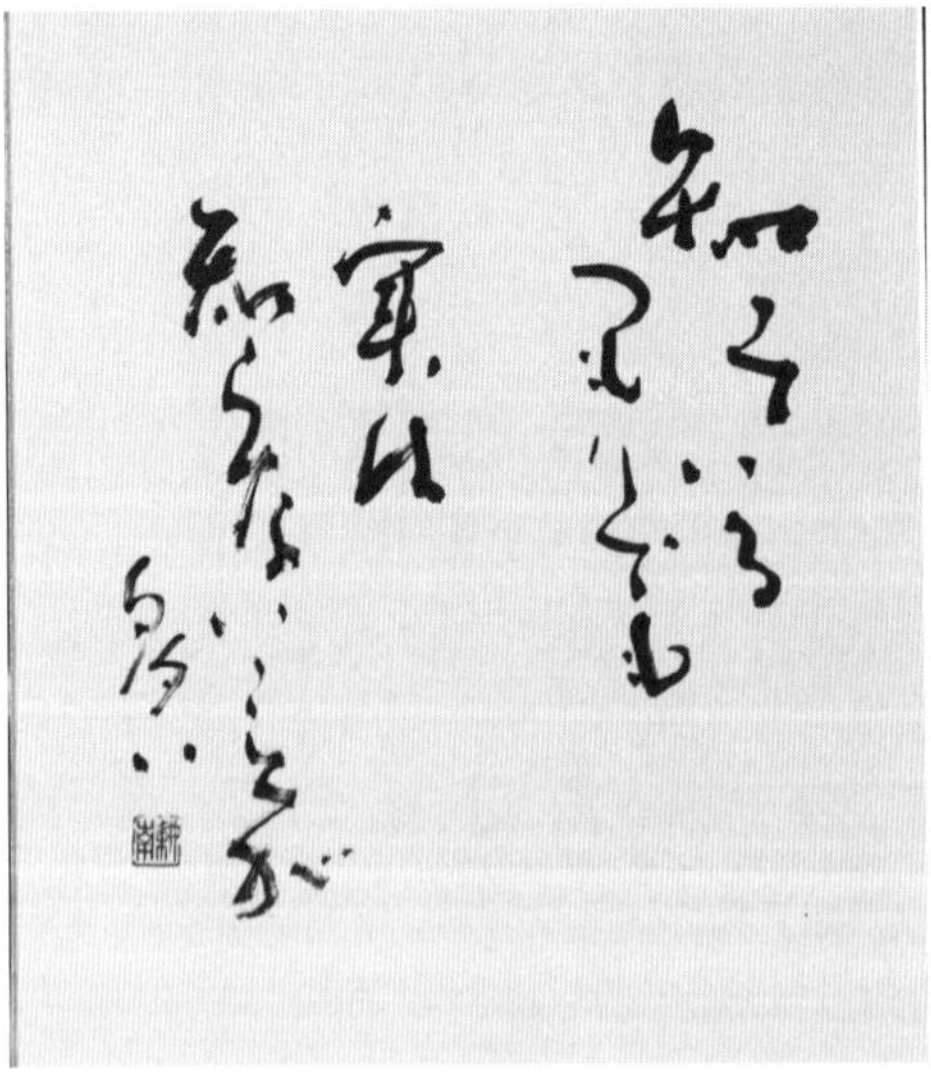

知っているつもりでも
実は知らないことが多い

がんばること

周りでもよく「がんばる」という言葉が使われるが、なぜなのかよくわからない。朝から「今日も一日がんばりましょう」と言われるのだが、何をどうやってがんばっていなければならないのか。

少なくともがんばっている最中は、周りが見えなくなる。例えば集中して何かをやっていたとしても、周りを見ていなければと思う。自分の意地を通すというようなことが主であってていいはずがない。だから私は、人に「がんばれ」とは言わないようにしている。また「がんばってます」と言うなど、とんでもないことである。自分の中では、出来れば死語にしたいほどだ。

—確かに「がんばります」「がんばれ」はみんなが好きな言葉だな、と不可思議は感じている。しかしその内容を聞かれると、困ってしまうだろう。

忙しい

「忙しい」と口に出して言えば、いい評価につながりそうだ。しかし「忙」という文字を考えてみると、左側の「忄」(りっしんべん)は「心」を表している。つまり「忙」は、心を亡くした状態と考えられないか。だから「忙しい」と言う人は、私はいま何かをするために心をなくしていますよ、と宣言しているようなものだ。

だからどんなに時間が窮屈になっても、その状態を「忙しい」とは思いたくないし、口にしたくない。いつでも意識して「心」を持っておきたいからだ。

――「忙しい」は日常よく使われる言葉だと、不可思議も思っていた。文字にはそれぞれ意味があるので、いいつもりで使っていても実は逆効果ってことになることもあって面白い。

弱いこと

「弱い」という言葉を、良くないことを表す言葉として使う場合が多い。本当は「弱い」という表現でなくていいのに、簡単に使う。

強さは、その強さを保持するために、さらにまた別のエネルギーを必要とする。そしてその強さ故に、人を傷つける場合が多い。一方、弱さは、少なくとも人を傷つけたりはしない。だから私は、「弱い」という表現になりそうなときは、意識的に内容を吟味する。そしてその言葉を使うのを避ける。弱さは、人が生きていくうえでの基本だからである。

—不可思議は、「がんばる」の側にあるのが強さで、そうでないのが弱さかなと考えてみた。つまり、がんばらされると弱さは否定される。

学力って何

学力というのは、いい中学校や高校に行ったり、いい大学に入ったり、いい就職ができたりするために必要なもの、みたいな感じがある。でもその場合は時が進むにつれて該当者が少なくなる。だからもっとみんなに使える学力とは何だろうと考えてみる。数学では、公式というのは、条件が少なく適用範囲が広いほど価値があるとされている。そんな感じで考えてみる。

そうすると、「周りのみんなと関係しながら育ち、生きていく」ことが学力と言えないだろうか。一般的に言っている学力は、みんなとの関係性が抜けていると思う。そこがあれば、もっといい世の中になっていいはずである。

―不可思議は、何にしても生きることを真っ先に考えていけば間違いはなさそうだ、と思っている。

卒業メッセージ

高校三年生の担任になると、最後には卒業式になり、クラスでの保護者も含めた会になる。担任としての話はだいたい同じようなものだが、ある年は次のようなメッセージを贈った。

「みなさんはこれから多くの人に出会い、そしてお互いに何らかの関係を持ちながら生きていくことになります。お互いが元気で条件のいいときには、誰かが相談に乗ってくれるはずです。ただどうしようもないピンチを迎えたとき、もし私のことを思い出したら、私に連絡してください。力になれることであれば、精いっぱい協力をします」

するとその数年後、一人の卒業生から電話が入った。「結婚することになったのだけれど、結婚式であいさつをしてくれる人がいない」と電話の向こうで言っている。挙式までもう一カ月を切っていた。

すぐに「いいよ」と返事しながら、たぶん卒業のときの私のメッセージを覚えていたのかもしれないと、何となく嬉しくなる。

―不可思議は思うに、卒業のときの担任からのメッセージなどほとんどの人は覚えていない気がするけれど、その子にはしっかりと届いていたのかな。

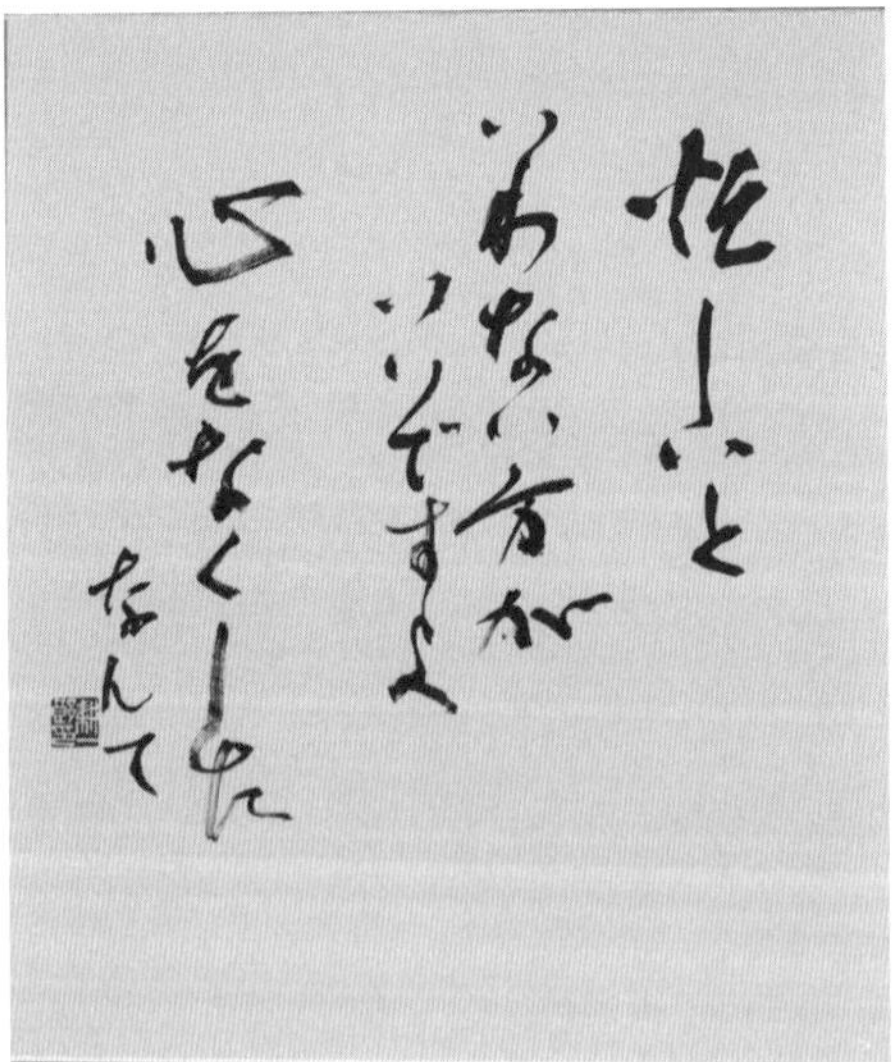

忙しいといわない方がいいですよ
心をなくしたなんて

ひ弱なこと

家庭訪問の最中に「先生はひ弱だ」と生徒から言われた。普通ならがんばろうなんて思うのかもしれないが、やっとそんなふうに見られた、と思った。

ひ弱に映っているのは、たぶん私の生き方みたいなものがやっと、力を入れずに、という状況に一歩近づいたからかもしれないと思った。そう思うと、何となく嬉しくなる。

ひ弱だと思われる理由を考えてみる。クラスの生徒が、ここで先生が怒るのじゃないかと思うような場面でも怒らない。怒れば、少なくともその場では簡単に済むのかもしれない。でも私の生き方からすると、何かが違うのだ。だから意識して、そうしないだけのことだ。

怒れない自分は、確かにひ弱だと思える。怒らないと事態を収めるのに時間がかかるし、取り留めのないことになる。自分では、怒れないのではなく怒らないのだと思っているが、傍から見て、怒れないことはかっこよくない。そんなことは十二分にわかっているつもりだが、やはり何かが違う。「怒る」場面が、しっくりこないのだ。

強い、明るい、高い、速いなどの「陽」のものに対して、何か違和感を持つようになった。人はいつも、「陽」を求めて生きている。しかしそれは、自分が「陰」であることを忘れているのだ。

「陰」というのは、肩をいからせずに自然を感じながら生きるというようなこと。いま求められているのは、例えば弱い立場である障がい者のその「弱さ」が、当たり前のこととして通用することではないかと思う。この感覚は、あまり理解してもらえないかもしれないが。

—今は理解してもらえないことも、話しておくことは大切だと不可思議は思う。生きていくときにその理解していなかったことを思い出して考え、理解できるようになることは、もっと大切なことだ。

支えること

職場では毎年、人が入れ替わる。私と同じ教科に、採用試験を受ける若者が配置されることもある。私にはどういう支え方があるだろうかと考えて、いろいろな問題を与えることもあった。しかしそれぞれ自分の計画で受験勉強を進めているのだから、やたら問題を差し出すのは迷惑になる。そこで、質問されたときにしっかり答えられるよう、密かに学習をすることにした。質問があってもなくても、とにかく準備だけはしっかりしておこうと考えたのだ。

そうすると受験者と同じように問題を解いていかなければならず、月刊誌の『大学への数学』なども買ったりして、猛勉強になることもしばしばだった。でもそのおかげで、まだまだやろうという意欲が湧いた。これが自分流の支え方だった。

―不可思議が思うに、その支え方は相手や周りの人には見えないね。でも、周りの人にわかりにはくいけど、「共に生きる」みたいな発想で大切な気がする。

夢へのこだわり

夢との付き合いは、いろいろある。一週間解けなかった問題が、夢の中で解けたこともあった。知っている人が生き埋めにされる場面を夢で見て、慌てて本人に会いに行ったこともある。もちろん、元気なことを確認した後はもう、その夢は見ない。

見た夢のあらすじを、私はよく覚えている。

ある年配の人が、窓口に書類を出した。すると、受け取った娘さんが声をかけてきた。「字がきれいですね」と。その年配の人は、これまでいろんなところで書類を出してきたが、そういうことを言われたことは今まで一度もなかった。「なぜだろう」と思ったところで、最初の夢は終わった。

しばらくして、その続きの夢を見た。その年配の人が「なぜだろう」と疑問を持ったまま窓口に行くと、「彼女は県で優勝して全国大会に行っています」とのこと。あの娘さんは、とてつもなくすごい、県内のトップアスリートだったのだ。年配の人が「疑問が解けた」と言ったところで、夢は終わった。

娘さんが声をかけた年配の人が、勝負の世界から程遠い人だったと仮定すると、話が続く。その娘さんは戦いの最前線にいて、本人の意識しないところで限界を感じつつあるか、戦いたくないという何らかの要求があったのかもしれない。それで、無意識に言ったのだ。「字がきれいですね」と。でもそれは彼女にとって、必然であったかもしれない。

そう考えると、年配の人が窓口に行くたびに、娘さんが何かに感動したり心を動かしたりというようなことが起こりそうだけど、どういうことがあればそうなるかは、年配の人にはわからない。その感覚は時に必要かもしれないが、それが日常的なものになると、娘さんは勝負をしないほうに近づいてしまい、選手生命が早めに終わる。

そうだとすると、勝負の世界に生きる娘さんを支えるために、その年配の人は窓口に現れるのを減らすだろう。そしていつの日か、その娘さんから「戦いは終わりました」と伝えられる。そこから、きれいだと言ってくれた字の話などをしていくのかなと考えてみた。

ただ、仮定が違えば成立しない話だ。三回目の夢は、まだ見ていない。

―不可思議は、ひょっとして「遠のいた」と思われるかもしれない支え方だなあとぼやいた。

一〇〇〇分の一を感じながら

ダウン症になる可能性は一〇〇〇分の一である。その一〇〇〇人分の可能性を全部一人で引き受けて誰か一人がダウン症になり、ほかの九九九人が助かったことになる。だから人はダウン症者に対して、やさしさが必要だと思う。

自分が何かに精いっぱい取り組んでいるとき、超えられない壁にぶつかることがある。そのとき、自分のことだけで考えていいのだろうか。人間誰しも障がいを伴って生まれる可能性はあったわけで、自分の分を誰かが担っていることを意識すると、自分に足りない、あともう少しのエネルギーを、ひょっとしたら得られるかもしれない。自分が預けたはずの人から、このエネルギーも使って、と差し出されるかもしれない。自分の才能だけでないあと少しを。

例えば、目を閉じて歩いてみる。たぶん最初は数歩しか歩けなくても、練習を重ねると周りの情報を感じられるような気がしてきてずいぶんと歩けるようになるだろう。また、右利きの人は左手で同じことをやってみる。例えば、菜箸を左手で使ってみる。豆を一個つかみ、それができたら数を増やしてみる。書の場合でも、左手に筆を持ってみる。お手本と全く同じに書けるようになるまで練習を重ねれば、そのことが右手に少しの変化を与えるかもしれない。そして例えば、鉢植えの青やピンクのあじさいをじーっと眺めてみる。来る日も来る日も眺めると、あじさいの呼吸を感じられるようになるかもしれない。その集中力によって、文字の流れを、より自然にとらえられるかもしれない。

そういうことをやってみると、なぜかわからないけれども、自分のイメージした作品に仕上げるつもりが、手が勝手に別な感じに仕上げてしまうというようなことが起こるかもしれない。現在の自分の状況と違うことをすることに、壁を超えるヒントがありそうだ。

—不可思議も、壁を超えることに興味があった。それは日常の点検から始まる気がしている。

数学（1）

退職して余裕ができたせいか、数学って楽しそうだ、おもしろそうだと一般の人に思ってもらいたくて、積極的に伝えようとしている。

Ａ４一枚に、正十二面体の展開図を書く。それを製図して正十二面体の立体を完成させ、さらにカレンダーを載せる。正十二面体は一つの面が正五角形で魅力がある。どういう魅力かというと、面倒な魅力というもの。

その立体に、いろいろと手を加えてみる。色をつけたり、一月から十二月までを誘導する線をつけたりする。また振れば音が出るように、立体の中に切りくずを、平らな状態で入れたり、折って入れたりする。その切りくずに匂いつき蛍光ペンを染み込ませて入れ、最後の蓋をさっと閉じてみる。果たして匂いがどこまでもつか。

そういうものを持って例えば銀行などに行き、話題にする。けっこう喜んでいただいているのだが、「こんなことをする人は初めてだ」と言われる。喜ぶべきか悲しむべきかわからないが、関心を持っていただいているだけでも非常に嬉しい。「こんな人は見たことない」というのはやはり、「変わった人」として扱われている感じではあるが、それでもめげない。

—不可思議も、数学はちょっと……と思っている。でも興味を持つことは自分を開くことにもなるんだなと思う。面倒なことが魅力なんて何を考えているのだろうかと、その「変わった人」を見たくもなる。

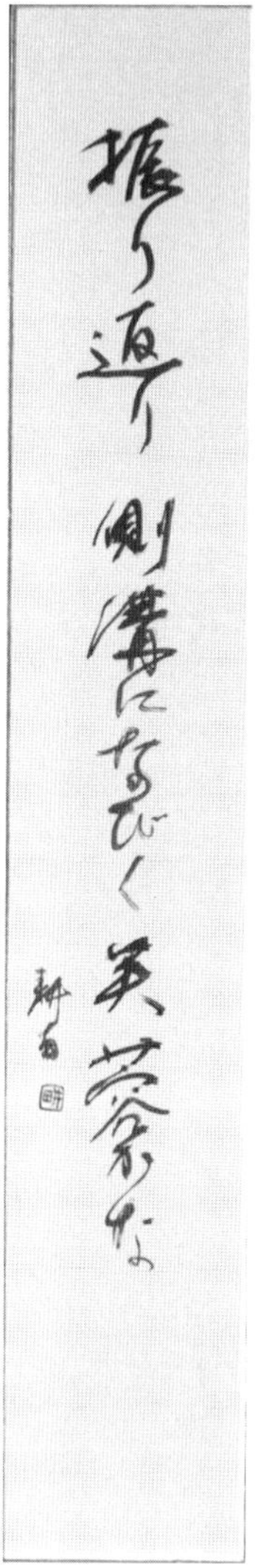
【俳句】振り返り側溝になびく芙容かな

数学（2）

数学を生業にしてきたのに、数学がなかなかできない。訳のわからない式を使って問題を簡単に解いてしまえば、本当に格好良く、みんなを惹きつけられるかもしれないのに、なかなかそれができない。

誰でもわかる内容で、面倒で地道な作業みたいなものは、ほとんどの人は頭で理解して実際にはやらない。しかし私は、とにかく面倒そうなこと、しょうもないこと、誰もしたがらないようなことをしたがるようになった。

何かの機会に借りた素数のビデオで、素数にとりつかれて狂ったようにして亡くなっていった数学者たちがいたことを知った。早速このことを周りの人に告げ、時々、「まだ大丈夫？」と聞きながら素数を調べてみる。

素数は、１とその数でしか割り切れない数である。例えば、2、3、5などがそうで、6は1と6のほかに2や3で割り切れるので素数ではない。

数学に関わりながら、１００くらいまでしか素数を調べたことがなく、その反省もあっていま調べている。

調べていくと、4567という美しい数を見つけた。連続する数字で表される数で、見事に素数であり、感激する。こんなことは実際に調べてみなければ見つけられないので、一人でにんまりする。そこで、ほかにも連続する自然数で表される素数がないか調べてみる。すると、23456789なんていう数があった。おもしろい。調べていく途中で、素数でない数が連続72個も続くところもあった。これも驚きである。

こんな調子で調べていって、一年くらいたつと十万に到達した。途中で「七万突破」とか「九万突破」とか、サークルの仲間に勝手にメールしてみる。こんなことをしていると、一言で変人といわれる。でも楽しい。

—不可思議は、自分の特徴を、誰でも知っていて誰でもできることで探すことが、何だか理解できそうな気もした。

定時制

高校に勤務することになったとき、基本にしたことは三つあった。平和、基本的人権の尊重、次世代の主権者。そして教科では、教科の内容を学習しながら、できれば生きることを考えることである。日常は雑木林のように存在し、名も無い野の花を意識する。そして、最後の勤務校として選択したのは、定時制だった。

それまで勤務した学校とは、制度的なものをはじめとしてことごとく違って見えた。だから定時制に赴任するときに、次のように考えた。

今までの高校での考え方とは違う考え方をしなければならない。今までとは逆を考えると言ってもいいと思う。そうでなければ、単に今までの続きになってしまう。そういうふうに考えるのが自然ではないのかなと思った。

とにかく定時制を選択するということは、自分が変わるということなのだから、それだけの覚悟が必要だ。

勤務を終えて夜に帰るのに、昼間の考えでは通用しないではないか。空に星が出ているときに、太陽の話をしてもそぐわない。

定時制は私にとっては、自然体で過ごせてぴったりの学校だった。

——定時制への転勤には、それぞれの思惑があるだろう。それでもみんなが自分が変わる覚悟をしてくると、生き生きしたいい学校になるだろうなあと不可思議は思った。環境が変わるとき、特に自分の生きることがどうなるか、と考えることは大切なことだと不可思議も思う。

学校は、柔らかさが大切だ。

死ぬこと

五十代前半に単身赴任をしてから、毎日毎日、死を考えない日はない。夜、寝る頃に考え始めてしまうと、頭が混乱して発狂しそうになる。

死後の自分の状態、それに続く時間を探っていく作業は、永遠のものになってしまう。だから発狂しそうになる。飛び起きて、時間をかけて気持ちを落ち着かせ、何も考えない状態にして眠りにつく。

六十五歳を過ぎてどうやらやっと少し落ち着き、死のことを考えても、発狂しそうなほどまでは心が騒がなくなった。

人間は死ぬときに家族に看取られると幸福な死みたいに思われるが、家族が近くにいても死んだことに気づかないこともある。連絡をもらっても間に合わないことだってある。ましてや家族がいない場合だってある。そうなると一人で死んでいくことが基本で、そのときにたまたま居合わせた方々に送られてということになるのだろう。

そして自分が本当に気の遠くなるような時間をかけて作られてきたように、今度は自然、大きくいえば宇宙の微塵となり、長い時間をかけて何かのごく小さいものとして役立つのだろう。しかし役立たないかもしれない。

いま生きている次元とは違う次元の存在、例えば体みたいなものを持たない存在として、この同じ空間に存在するのかもしれない。そんなことを考えると、自分の存在はちっぽけで、そんなに死後の世界の自分の姿に固執しなくてもよさそうだ。こんなことを考えて、少しずつ落ち着いてきたような気がする。

私はずっと死を考えていたのだが、結果的にはいつの間にか、生きることにもっと前向きになっている。

—不可思議にも予測はできない。死がいつ訪れるのかということ、そしてそのあと、どうなるかということも。だからこそ、今を精いっぱい生きていくのではないだろうか。

こだわること

いろいろなことには必ず理由がある。だから私は、何にでもこだわる。

雑草はいとも簡単に抜かれるけれど何らかの使命があるはずだと思っていても、長い間わからずじまいだった。でも畑に付き合うようになって、雑草のある所は土が軟らかいことに気づいた。これは一つの使命と言えないか。

よく寝間着で居間に現れたりしがちだが、居間はくつろぐ所で、寝間着が必要なのは寝室だ。また寝室で本を読んだりしがちだが、寝室は寝る所で、本を読む所ではない。そんな意識ができると、確かに寝付きがよくなるようだ。さらに、寝るときに軽く運動をすると体が少し活発化し、それを鎮めるために体が働き出す。これだと眠りやすくなる。

個人情報は人を特定できる情報だから、人のそういう情報を知った人が他人に漏らさないことが大切で、現在は守秘義務として法律に規定されている。もし聞かれて教えたくないときには「いやだ」と言うべきか。でも言い方がきつい。まあのらりくらりと訳のわからないことを言うほうが日本的な気もする。

学校に勤めていた頃、職員会議での提案には二通りあった。生徒の方を向いた提案と向いていない提案。前者の提案では、みんながお互いに内容を検討して理解するように話をする。後者では、質問も出ないくらいにていねいに話す。いつでも前者であってほしい。

体力作りには食事のバランスが必要といわれる。といっても栄養素のことまではわからない。それで朝昼晩、違うものを食べることにした。野菜など日ごとに色も変えた。例えば朝食であれば、まず豆乳に抹茶を入れて飲む。次に野菜類を食べる。それから冷蔵庫で冷やした食パン一枚にジャムを付け、ターメリックを振りかけて食べる。最後にバナナ一本と、大根おろしと蜂蜜を少し入れたヨーグルトを食べる。そして食事中にコーヒーを一杯、というこだわり方である。おいしい物を食べるという発想を変えて、体に必要な物を食べるという考えにしたら、健康になった。運動と連携すると、より効果が出てきた。

考えを否定的に進めるか、あくまでもプラス志向で進めるかで結果が違ってくる。例えば、肩から腕にかけて重くうずく時期があった。首に注射をして神経を固めるための手術をすることにした。しかし天候の悪化につれて体調も悪くなり、手術中止で翌日帰された。そのことをどう受け止めればよいか考えた。すると「この痛みにはずっと付き合っていくしかないな」という考えに落ち着いた。数カ月すると、あれほどのひどい痛みがすっかり消えた。

これまでに多くの人に出会った。人と人がこの世で巡り会うということは、天文学的な確率のとてつもない偶然である。しかし必然と思われる出会いもあるかもしれない。こだわりが足りなくて、あるいはこだわりがあっても相手の表現を十分に理解できなくて、相手の想いに気づかず、せっかくの巡り会いを素通りしたかもしれない。でも巡り会いは大事にしたい。日常、自分が何を大切にしているかで、重なった出来事が変更になっていく。もちろん大切にしているほうが残り、そうでないものが変更になることが多い。

毎日の起床時間は変えない。前夜いくら遅くても変えない。そうすると一日がいつも通りに進み、エネルギーは趣味などに使える。明日は土曜日だからゆっくり起きようという発想はない。日曜から月曜にかけて、元に戻す余計なエネルギーが要るからだ。

物事にこだわると時間がかかる。しかしよく理解できるようになる。こだわることで自然に生きたいと自分では思っているが、他人からは変わっていると思われるほうが多そうだ。そう感じるとまともに相手にしたい人はいないだろう。たとえそう思った人でも、何か一息ついたとき、最近どうしているんだろうとか、また会いたいなとか思っていただける存在にはなりたい気もする。

—不可思議は父に、こだわることが多いと面倒にならないのかと聞いてみた。父は次のように答えた。考えたりこだわったりしたことは、出来るだけ考えを沈めて、1＋1＝2みたいなところに置く。そうしながら日常的なものは一日、一週間、一カ月、一年などの周期の中に入れてしまう。そうすると力を入れずに進んでいくと。不可思議は説明を聞いても、いま一つ納得しかねた。

距離を感じながら生きる

自分はどんな生き方をしていくんだろうと考えてみる。いろんなことを問い直し、こだわり、そして距離感を感じながら生きる、という気がする。距離感は、身近なところほどしっかりと感じている。

例えば、子どもたちが成長して親元から出て行くとき、将来、親の近くには住まないようにと忠告した。それは、親は子を、子は親を頼ってしまい、両方とも自立できなくなることを避けたいからだ。

年齢とともに気持ちが少し落ち着いてくると、もっと自然や宇宙の魅力や不思議に溶け込むような生き方が必要な気がしてくる。

私の距離感は、近い方から、今は第一が五角形、次は書と数学。もちろんそれにまつわる人々も含めての話である。家族は、先ほどの理由で、束縛しないように少し後に置いている。

よく見ると自然の中には、いろいろと気づかされることが多い。見ようとすればするほど存在している。例えば足元に咲く本当に小さな花。そして野の花や雑草にだって、いとおしさを感じてしまう。

これからはもっと、きれいだ、美しい、大好きだ、魅力的だ、すごい、などの感性を大事にしながら生きていくようにすると、少しずつ自然に近づいていけるかもしれない。

何となく、ごくらくとんぼ的な感じなのかもと思う。

—世間一般的には、距離が近いことがいいように思われている。そのことを不可思議は思っていた。果たしてそれと、この距離を置くことをどう考えたらいいんだろうか。

距離を感じながら生きることは、ややもすると、孤独とか寂しいと思われがちだが、個人としての創作活動には必要なことである。自分以外の誰も入り込めない空間と時間が、必ず何かを生み出すのではないだろうか。

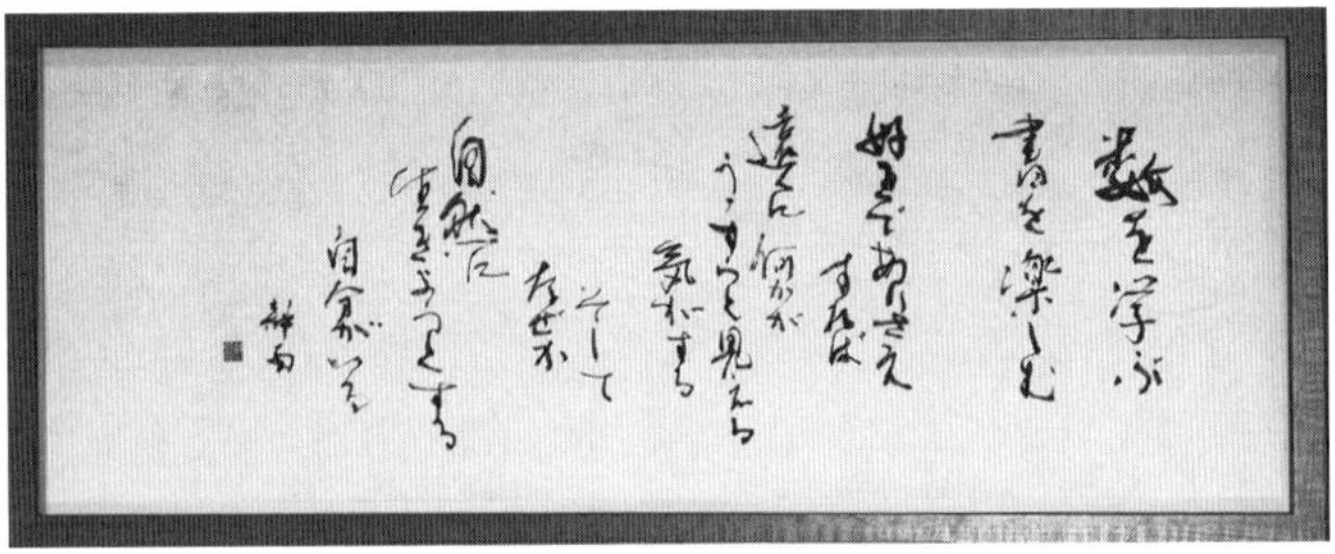

数を学ぶ書を楽しむ
好きでありさえすれば遠くに何かがうっすらと見える気がする
そしてなぜか自然に生きようとする自分がいる

朝顔や夢と真理のこの五角

自然の花、朝顔。その花は五角形。人間の世界では三角形、四角形、六角形、八角形などになるのだが、自然にはなぜ五角形が多いのだろう。そんな正五角形に心を惹かれると夢が広がり、真理にほんの少しだけ近づく気がする。そしてもっともっと魅力的になり、そんな自然や宇宙に吸い込まれていくようにも思えてくる。

あとがき

大数の名

一　十　百　千　万（十万、百万、千万）　億（十億、百億、千億）
兆（十兆、百兆、千兆）　京《けい》（十京、百京、千京）　垓《がい》（十垓、百垓、千垓）
秭《ぢよ》（十秭、百秭、千秭）　穣《じやう》（十穣、百穣、千穣）　溝《かう》（十溝、百溝、千溝）
澗《かん》（十澗、百澗、千澗）　正《せい》（十正、百正、千正）　載《さい》（十載、百載、千載）
極《ごく》（十極、百極、千極）　恒河沙《ごうがしや》（十恒河沙、百恒河沙、千恒河沙）
阿僧祇《あそうぎ》（十阿僧祇、百阿僧祇、千阿僧祇）　那由他《なゆた》（十那由他、百那由他、千那由他）　不可思議（十不可思議、百不可思議、千不可思議）　無量大数《むりようたいすう》

（岩波文庫「塵劫記」）

「不可思議」は数の大きな単位で、次のようなものです。

１２３４不可思議００００那由他００００阿僧祇００００恒河沙００００極００００載００００正００００澗００００溝００００穣００００秄００００垓００００京００００兆００００億００００万００００

要するに、最初の１２３４のところが不可思議です。

現在では国の予算でも単位は兆（十三桁から十六桁）ですが、不可思議はもっともっと大きく、０が六十四個並んだ先の、六十五桁から六十八桁の数になります。実に気の遠くなる所にあるのです。

ダウン症の子どもが生まれて途方に暮れた日々。そんなことを研究会で提案したりして、お互いに学習する機会がありました。１０００人に１人が発症するダウン症に関して言いますと、確率的には９９９人が助かったことになります。その９９９人にも、ダウン症者の存在や生き方を伝えることが使命かなと思うようになった次第です。そこで特徴的なことをメモに残しました。

周りのみなさんには本にすると言いながら、なかなか行動に移せないでいました。

五十歳の頃から食生活を変え、そしてまだ一年にもならないのですが、体のトレーニングを開始しました。体も軽くなり、より積極的になっていきました。すると急に本を出すことを実行しようと思い立ち、出版企画あさんてさーなさんに話をさせていただきました。代表を務める出水沢藍子様には本当にお世話になりました。私のつたない文章に丁寧に付き合っていただきまして、ありがとうございました。

表紙絵はかつての同僚、前田友幸様にお願いしました。今までの絵の写真をお借りするつもりでしたが、この本の趣旨にあわせて描いていただくことになり、お礼の言葉もありません。

今わからないことも、不可思議が日常的に使われる時代になればほとんどのことが解決していくかなという願いを込めていたのですが、しかし不可思議が日常的になる時代はとてつもなく遠いこと、そして不可思議の後には単位が一つしかないことを思うと、やはり日常的に考え、悩み、相談し、一つひとつ何らかの解決策を求めていかなければならないと思います。

現代を生きているいろいろな方々、次世代の方々が自分以外の存在を感じることによって、生きていくうえで少しでもお役に立てたら幸いです。

最後に、今まで出会った多くの方々にも感謝いたします。文中のいろいろな出来事、考えのヒントをいただいたと思っています。

この本がお一人でも多くの方に読んでいただけることを祈念しつつ。

二〇一六年　深まりゆく秋を感じながら

田中耕一郎

筆者紹介

田中耕一郎（たなかこういちろう）

1949 年　鹿児島県加世田市（現、南さつま市）に生まれる。

1975 年から高校の数学教員。知覧高校を振り出しに、加世田農業高校、川内商工高校、頴娃高校、種子島実業高校、開陽高校定時制に勤務し、2013 年退職。在職中から数学サークルで会報編集等の世話係を務める。現在も活動中。

1979 年生まれの長男がダウン症のため、数年後から親の会の世話係をする。現在も活動を継続中。

趣味は書道。書作展をしながら、書の楽しみを深めている。

ふかしぎ

2016年12月25日　初版発行

著　者　田中耕一郎

発行者　出水沢藍子

発行所　出版企画 あさんてさーな
鹿児島市緑ケ丘町 2-23-41
TEL 099-244-2386 FAX 099-244-2730
http://www2.synapse.ne.jp/asantesana

印刷・製本　濱島印刷㈱

2016 Printed in Japan